Querverlag

Barbara Knödler

Der Geruch des Meeres

Roman

Erste Auflage März 2008

Umschlag und grafische Realisierung von Sergio Vitale unter Verwendung einer Fotografie von Phil Boorman (getty images).

Druck und Weiterverarbeitung: Fuldaer Verlagsanstalt GmbH & Co. KG
ISBN 978-3-89656-153-4
Printed in Germany

Bitte fordern Sie unser Gesamtverzeichnis an:
Querverlag GmbH, Akazienstraße 25, D-10823 Berlin
http://www.querverlag.de

I

1

Paris – der Zug glitt dahin. Draußen verdichteten sich die Häuser; die freien Flächen wurden spärlicher. Noch eine gute Stunde. Sie rieb sich die Augen. Müde war sie. Ein wenig unausgeschlafen nach der Nacht im Zug. Sie mußte sich eingestehen: In ihrem Alter, da nahm der Körper so etwas nicht mehr so gelassen hin. Auch wenn sie die Nacht im Schlafwagen genossen hatte – das Vorbeiziehen der Landschaft am Fenster, während sie genüßlich in ihrem Bett lag, dann das Auftauchen der Sterne nahe ihrem Kopf –, gut geschlafen hatte sie trotzdem nicht. Das Rattern der Räder hatte sich in ihren Schlaf geschlichen, hatte ein Absinken in tiefere Traumregionen verhindert.

Ihr Körper schmerzte. Trotz ihrer Streckübungen nach dem Aufwachen fühlte sie sich wie durch den Fleischwolf gedreht. Sie seufzte. Das war eben der Preis des Alters – der Preis der Mobilität im Alter. Oder ihres Starrsinns, mit dem sie beharrlich an der Vorstellung festhielt, sie sei noch rüstig genug für all dies? Sie lächelte über sich selbst. Doch seit sie ihren morgendlichen Becher Tee in der Hand hielt, fühlte sie ihre Lebensgeister zurückkehren. Es ging ja auch tatsächlich noch – irgendwie. Und diese Reise war so wichtig. Da konnte sie es nicht zulassen, daß ihr Körper ihr einen Strich durch die Rechnung machte. Nein, es galt, die Einschränkungen zur Kenntnis zu nehmen und sie entsprechend bei der Planung zu berücksichtigen. Schonend genug mit sich umzugehen, um die eigenen Pläne umsetzen zu können. Ihr Reiseprojekt, mit dem sie nach und nach Stationen ihres Lebens besuchte, kostete sie bei aller Freude zunehmend auch Kraft. So belebend die Wiedersehen waren – ein Gefühl der Erschöpfung war doch immer häufiger dabei. Nun, nach einem Tag Pause und Schlaf würde sie sich besser fühlen.

Auch wenn es paradox klang: Ihre Müdigkeit war ein Anlaß gewesen, daß sie nun so systematisch ihre Freunde besuchen fuhr. Sie wollte sichergehen, die Menschen, die sie liebte, noch einmal wiederzusehen. Und dann galt es, eine Entscheidung zu treffen. Eine Entscheidung, in welchem ihrer Lebenszusammenhänge sie ihre letzten Tage, Jahre verbringen, wo sie ein letztes Mal seßhaft werden wollte.

Ein Altersdomizil – der Gedanke amüsierte sie in gewisser Weise. Und war doch auch unendlich verführerisch, mit der Ruhe und Gleichmäßigkeit, die er versprach. Gemütlichkeit, Geborgenheit, ein Zuhause – das war es, wonach sie sich sehnte. Und nach einer Hündin. Endlich wieder eine Hündin zur Begleiterin zu haben. Sie fühlte Trauer in sich aufwallen. Es war ein herber Schlag gewesen, als Gitane gestorben war. Nicht lange nach dem Tod ihrer Lebensgefährtin Aike war es gewesen. Wäre Gitane nicht als zweite von ihr gegangen – was wäre wohl aus ihr geworden? Nun, es war unwahrscheinlich, daß sie heute hier im Zug säße, auf dem Weg nach Paris. Ohne die Notwendigkeit, für den Hund aufzustehen – sie wäre wohl nie wieder morgens aufgestanden. Überhaupt aufgestanden – wozu auch? Was sollte sie mit einem Leben, das ihr ihre Frau auf so grausame und himmelschreiend ungerechte Art von der Seite riß? Das ihr den Stern ihrer Seele nahm, so lange vor der Zeit? Diese Frau, die sie so spät gefunden hatte und die ihr Wegbegleiterin, Vertraute, Geliebte gewesen, mehr noch: Heimat geworden war wie keine andere je zuvor. Warum? Warum diese entsetzliche Krankheit, die so unerwartet und gnadenlos auf sie niedergefahren war? Es hatte ihr das Herz zerrissen, hilflos zuschauen zu müssen, wie Aike sich in ein von Schmerzen zerfressenes Wesen verwandelt hatte, bis kaum mehr von ihr übriggeblieben war als die Sehnsucht nach dem erlösenden Tod.

Gitane zuliebe war sie schließlich doch aufgestanden an jenem entsetzlichen Morgen danach und an jedem weiteren Morgen, Tag für Tag. Sie war der Sinnlosigkeit eines entleerten Lebens begegnet und dem Schmerz. Dem unendlichen Schmerz. Täglich neu. Irgendwann, nach Wochen und Monaten, war das erste Lächeln wieder zu ihr durchgedrungen, zaghaft, unerwartet. Doch ohne Gitane …

Sie dachte ungern zurück an diese Zeit der Qual, an ihren monatelangen Kampf, Kraft zu finden für einen Neubeginn. Als schließlich auch Gitane von ihr gegangen war, war es ihr unmöglich gewesen, länger in dem gemeinsamen Haus zu bleiben. Also hatte sie ihre Sachen geordnet: die Überreste des geteilten Lebens gesichtet, aussortiert und manches weggeworfen, viel geweint und weniges in Kisten verpackt; ihre Freunde hatten ihr geholfen. Entgegen der mit Aike getroffenen Entscheidung war sie erneut aufgebrochen. Wie schon so oft und doch zum ersten Mal unfreiwillig hatte sie ihr Nomadenleben wieder aufgenommen.

Damals hatte sie begonnen, Freunde zu besuchen, Stationen ihres Lebens zu bereisen. Nach den beiden herben Verlusten war eine lange Reise daraus geworden – es waren nun über zwei Jahre, die sie unterwegs war. Anfangs hatte sie kaum sagen können, ob es eine Reise war oder vielmehr eine Flucht. Erst allmählich war sie ruhiger geworden. Schließlich hatte sie begonnen, an einem neuen Buch zu schreiben. Versucht, ihre Gefühle in den Griff zu bekommen, indem sie sie auf Papier bannte, sich von der Seele schrieb. Der Roman war kürzlich erschienen. Der Vorschuß stellte einen willkommenen Beitrag zu den

Reisekosten dar. Das war wirklich einer der großen Vorteile, wenn man eine etablierte Autorin war – es gab einen anschaulichen Batzen Geld auf die Hand, wenn ein Buch herauskam. So wenig es einen auch dauerhaft ernährte oder gar reich machte, das Schreiben.

Wieder streckte die alte Frau ihren leicht schmerzenden Rücken und wandte ihre Gedanken Paris zu. Mit Paris würde das letzte Freundschaftstreffen auf ihrer Liste erreicht sein. Vorfreude und ein Anflug von Mißtrauen durchzogen sie. Sie sah der Begegnung mit Simone mit gemischten Gefühlen entgegen. Ihre Beziehung war durchaus ambivalent zu nennen. Überhaupt war sie allmählich etwas übersättigt von der Vielzahl der Begegnungen, die hinter ihr lagen. Ihr war, als habe sich der Sinn ihrer Reise erfüllt. Nach dem Besuch bei Simone würde sie freie, ungeplante Zeit vor sich haben. Sie freute sich darauf, sich wieder vom Leben treiben zu lassen. Seit der letzten Begegnung mit Charlotte fühlte sie sich dazu auch endlich wieder in der Lage.

Sofort stand ihr Charlotte vor Augen. Wie sie ihr fehlte, wie sie sie vermißte! Es war erst wenige Stunden her, daß sie sich voneinander verabschiedet hatten. Sie holte das Photo aus der Tasche, das sie gemeinsam im Paßbildautomaten des Bahnhofs gemacht hatten. Wehmütig strich sie über das Gesicht der Freundin. Abschiede von Charlotte waren schlimm. Sie hingen ihr nach. Es würde dauern, bis sie sich wieder daran gewöhnt hatte, ohne ihre langjährige Vertraute zu sein.

Charlotte hatte ihr Leben begleitet wie keine andere. Ja, lebensbegleitend war ihre Freundschaft, das war die treffendste Art, ihre Verbindung zu charakterisieren. Liebevoll sprach sie ihren Namen vor sich hin. Es klang wie Schahrlett – Charlotte ließ sich noch immer in der englischen Version ihres Namens ansprechen, all den Jahren zum Trotz, die sie nun schon in Deutschland lebte.

Einundfünfzig Jahre war es her, daß sie sich in London begegnet waren. Letztes Jahr hatten sie das denkwürdige Jubiläum gefeiert. London war ihr erster Auslandsaufenthalt gewesen – nun, der erste, bei dem sie ganz auf sich gestellt war. Charlotte war die Tochter ihres damaligen Vermieters. Sie waren miteinander ins Gespräch gekommen, gemeinsam in den Pub gegangen und schon bald hatte die Jüngere sie unter ihre gesellschaftlichen Fittiche genommen. Hatte sie auf Partys eingeführt, ihr ihre Kreise erschlossen. Damals war das Fundament dieser Freundschaft entstanden, die sie konstant wie keine andere über die Jahrzehnte begleitet hatte.

Als sie London schließlich den Rücken kehrte, war sie dennoch regelmäßig zurückgekommen, Charlotte zu besuchen. Erst aus dem nahegelegenen Irland, später dann vom Kontinent. Und wann immer sie mit dem Bus in den frühen Morgenstunden in London angekommen war, hatte die Freundin sie mit einem Becher Tee in der Hand abgeholt. Auch jetzt, bei diesem Treffen, hatte Charlotte am Bahnhof gestanden, Tee in der Thermoskanne, Blumen in der Hand und ein kleines Schnäpschen im Flachmann in der Handtasche. Wie sie ihre Begrüßungen liebte!

2

Die alte Frau ließ ihre Gedanken zurückgleiten: Charlotte und sie hatten sich auf ihren Wunsch hin in Frankfurt getroffen. Wieder einmal hatte es sie dorthin gezogen. Frankfurt, ihre alte Haßliebe. Zudem hatte die Stadt sich aufgrund ihrer zentralen Lage als Treffpunkt angeboten.

Es war ein seltsames Gefühl gewesen, die Türme der Bankenstadt vor sich auftauchen zu sehen. Wie immer hatte sie eine bizarre Zuneigung ergriffen. Nicht, daß sie schön fand, was sie vor sich sah. Nein, Frankfurt war schlicht und ergreifend eine scheußliche Stadt. Die vielgerühmte Skyline – in ihren Augen eine Zumutung aus verfehlter Ästhetik und krankhaftem Betonwahn. Sie hatte nie verstanden, wie man dem etwas abgewinnen konnte. Aber Optik war nicht, was Frankfurt auszeichnete. Natürlich nicht. Was Frankfurt ausmachte, waren die Menschen, denen sie in ihrer Zeit dort begegnet war. Und eben jener Stadtteil im Westen mit seinen herrlichen Parks, den sie so liebte. Sie hatte sich dort immer sehr wohl gefühlt und war über die Jahre, bei Aufenthalten in Deutschland, immer wieder zu Besuch zurückgekehrt.

Und so hatte sie auch jetzt wieder in Frankfurts ungezähmtestem Park gestanden. Bei Charlotte untergehakt, mit vom Blick in die Baumkronen trunkener Zufriedenheit, an ihrer Lieblingsstelle auf der kleinen Insel am Zusammenfluß von Altarm und Nidda. Sie hatten kleine

Faltsitzkissen dabei, um sich – ganz wie früher – an den Wurzeln des alten Baumes niederzulassen. (Hoffentlich würde sie wieder aufstehen können!) Sogar ein Bier hatten sie sich in alter Tradition am Kiosk geholt. Ja, dies war immer noch der beste Platz für den Sonnenuntergang, der nahen S-Bahn-Linie zum Trotz.

„*Cheers*, Charlotte."

„Wie schön, daß du da bist!"

Die Tage in Frankfurt waren wie im Flug vergangen. Es war schön, so viele Menschen wiederzusehen. Noch mehr freute sie sich jedoch auf den Urlaub mit Charlotte, der nun anstand. Sie sehnte sich danach, gemeinsam mit der Freundin Genußvolles, Fröhliches zu unternehmen. Sie war es müde, sich mit ihrer Trauer zu beschäftigen. Es war Zeit, Aikes Tod hinter sich zu lassen und, hoffentlich, endlich ein neues Kapitel aufschlagen zu können. So schwer ihr das alleine immer noch fiel – mit Charlottes Hilfe sollte es gelingen.

Sie waren von Frankfurt aus nach Lissabon in den Urlaub aufgebrochen. Als sie in jungen Jahren die Stadt besucht hatten, war der Traum in ihnen entstanden, sich einen Ort zu suchen, an dem sie gemeinsam leben wollten. Auch wenn ihnen das in den vergangenen Jahrzehnten immer wieder gelungen war – dauerhaft zusammen niedergelassen hatten sie sich dennoch nicht. Dazu hatte das Leben zu anders gespielt. Nun stellte die alte Frau diese Frage erneut. Jetzt, da unfreiwillig Bewegung in ihr Leben gekommen war und die Karten neu gemischt zu werden verlangten. Vielleicht ein letztes Mal.

Für sie stand fest, daß es einen neuen Ort zu finden galt. Auch wenn es dabei natürlich nicht um Lissabon ging. Die Frage war nur: Wollte auch Charlotte noch einmal aufbrechen? So ganz unvorhergesehen? Sie hatten beschlossen, gemeinsam Urlaub am Ursprungsort ihres Traumes zu machen, um auszuloten, welche Möglichkeiten sich ihnen boten – und endlich einmal wieder in aller Ausführlichkeit Zeit miteinander zu verbringen.

Von Frankfurt hatten sie also den Zug genommen. Wie früher den weiten Weg in gemütlichem Reisen zurückgelegt. Die alte Frau war froh, daß Charlotte ihre Art des Reisens immer noch teilte und bereit gewesen war, den so viel schnelleren Flug zu ignorieren. Sie war zutiefst erleichtert gewesen, den Frankfurter Flughafen umgehen zu können. Sie hegte eine tiefe Abneigung gegen Flughäfen im allgemeinen und gegen den Frankfurter im besonderen. Schon der Gedanke an ihn bereitete ihr ein fast physisches Unbehagen: Er war ihr so sehr Symbol der dort stattfindenden Abschiebungen, mit denen sich Deutschland und Europa ihrer unliebsamen Asylsuchenden entledigen. Menschen, die darauf angewiesen sind, in einem anderen Land das Recht für einen Aufenthalt zu bekommen. So, wie es in jenen schrecklichen Jahren auch ihr und ihrer Familie ergangen war. Was, wenn die Schweiz sie damals nicht aufgenommen hätte? Umgebracht worden wären sie, aller Wahrscheinlichkeit nach. Die meisten Genossen ihrer Mutter hatten die NS-Diktatur nicht überlebt. Die alte Frau schnaubte wütend. Die Deutschen hatten wirklich nicht viel aus ihrer Geschichte gelernt. Aber die Masse der Deutschen – nun, die hatte eben nicht zu den Verfolgten gehört. Die hatte auf der anderen Seite gestanden. Hatte sich mit ihrem Schweigen ihre persönliche Sicherheit erkauft. Die Verfolgten, das waren die anderen. Nein, das, was sich aus dem Erleben der Masse ins kollektive Gedächtnis der Deutschen gebrannt hatte, war nicht das Wissen um die Bedeutung dessen, was man unter sicherem Exil verstand. Und heute unter Asyl. Es war wirklich zum Kotzen.

Ihre Erinnerungen an den Kampf gegen die Startbahn West halfen auch nicht, ihr den Flughafen sympathischer zu machen. Genauso wenig ihre Wut, daß es heutzutage schon wieder um einen Ausbau ging. Wie unverfroren einer dichtbesiedelten Region akustischer Dauerstreß zugemutet werden sollte. Egal, in welcher Hinsicht sie an ihn dachte – der Frankfurter Flughafen war ein Stein des Anstoßes, den sie weiß Gott nicht wiedersehen mußte.

Wie viel schöner war es, in den Zug zu steigen, gemütlich die Landschaft vorbeiziehen zu lassen, die Stunden in aufholendem Erzählen mit Charlotte dahinfliegen und die Nächte in kleinen französischen und spanischen Städtchen an der Strecke bei einem Glas Wein ausklingen zu lassen. So ließ es sich reisen!

3

Die beiden Frauen genossen es, wieder in Lissabon zu sein. Der Zauber der Stadt, wenn auch verändert, zog sie wie eh und je in seinen Bann. Voll Verzücken wanderten sie die kleinen Straßen der Altstadt entlang. Sie liebten die Atmosphäre der Gassen, die Optik der gekachelten Häuser. Das Wehen der Wäsche vor den Fenstern, das Leben auf der Straße. Die Gesprächsfetzen, die über die Plätze trieben. Die Luft war erfüllt von einem goldenen Licht, wie man es nur in den südlichen Ländern Europas findet. Die alte Frau spürte, daß Entspannung sich in ihr auszubreiten begann. Es war leichter, die schönen Seiten des Lebens zu sehen, wenn die Sonne sich mit einem so warmen Schein um einen legte. Zufrieden nahm sie wahr, wie ein Gefühl von Lebensfreude wieder in ihr an Raum gewann.

Sie verbrachten die Tage mit zeitlosem Schlendern und Sitzen in Cafés und Bars. Gespräche wechselten mit Schreiben und Lesen. Sie teilten wieder ihre Leben und ihre Zeit, wie sie das immer getan hatten. Es war, als hätte es keine Trennung gegeben, sah man einmal von den vielen Geschehnissen ab, die sie sich nun ausführlich und in aller Ruhe berichteten. Wie wohltuend es doch war, ganze Tage zum Sprechen zu haben, statt nur auf Briefe, E-Mails und Telefonate zurückgreifen zu können. So wichtig diese waren – ein gemeinsamer Urlaub war doch etwas ganz anderes!

❧

Allmählich spürte die alte Frau, wie sie ruhiger wurde. Es war, als glätteten sich Wogen in ihrem Inneren. Wogen des Schmerzes und der Trauer. Als blickte sie auf ein Meer, dessen Wassermassen zwar noch aufgewühlt waren, dessen Rhythmus sich jedoch bereits einem sanfteren Wellenschlag zugewandt hatte. Es wurde aber auch Zeit, daß sie wieder begann zu *leben*! Auch daß ihr Appetit endgültig zu ihr zurückkehrte – Charlotte verglich sie, obwohl sie bereits wieder zugenommen hatte, immer noch in liebevoll-sorgendem Ton mit einem Klappergestell. Vogelscheuche, wie sie selbst fand. Das trug auch den Resten des ernsten, ausgemergelten Gesichtsausdrucks Rechnung, der sich mit Aikes Todeskampf ihrer Züge bemächtigt hatte. Wenn sie auch im Vergleich zu den letzten Monaten wieder geradezu rosig aussah. So herzlich sie bei diesen Vergleichen schon gelacht hatten, es steckte viel Wahres darin: Es war wirklich an der Zeit, daß sie das Leben wieder annahm und nach vorne blickte. Auch ohne Aike.

Wie immer tat ihr auch jetzt Charlottes Anwesenheit unglaublich wohl. Sie wußte nicht, wie diese es anstellte, aber es war schon immer so gewesen, daß Charlotte eine große Ruhe und Stabilität in ihr Leben zu bringen vermochte.

Nach und nach begann sie, sich von der Fröhlichkeit ihrer alten Freundin anstecken zu lassen. Als sie schließlich eines Abends tanzen gingen, war sie in einigen Momenten beinahe so ausgelassen und unbeschwert wie früher. Früher, vor Aikes Tod. Bewußt schob sie den Gedanken beiseite, konzentrierte sich auf den Klang der Musik, zu dem sie ihren Körper wiegte. Es tat unglaublich gut, wieder zu tanzen! Sie schloß die Augen und überließ sich der Musik.

Viele Lieder später ließ sie sich auf einen der umstehenden Stühle fallen und fächelte sich Luft zu. Charlotte tanzte noch immer. Sie wirkte auch nicht erschöpft. Sie selbst war völlig außer Atem. Oh, wie machte Charlotte das nur? Es war ihr schon öfter aufgefallen in den letzten Wochen, daß sie selbst an ihre Grenzen kam, während die Freundin noch munter war wie ein „junges Reh“. Sicher, auch Charlotte war behäbiger und langsamer geworden – aber nicht in dem Maße wie sie selbst. Ob das einfach der Altersunterschied war, der sich nun erstmals so deutlich zeigte? Das mußte es wohl sein, denn wenn sie zurückdachte an die Zeit vor fünf Jahren – ja, mit neunundsechzig, da war sie auch noch flott beieinander gewesen! Damals waren Aike und sie an die Schwarzmeerküste gefahren. Da war sie Berge noch ganz anders hinaufgekommen! Klar, es hatte auch damals schon schlechte Phasen gegeben, doch im ganzen … Kein lästiges Stehenbleiben und Nach-Luft-Schnappen, kein Sehnen nach einem Stock, wenn es zu steil bergauf ging.

Charlotte machte sich immer darüber lustig, wenn sie das sagte, aber Charlotte würde noch sehen, wie recht sie hatte. Mit Anfang siebzig, da holte es einen einfach ein. Etwas veränderte sich, wurde beschwerlicher. Charlotte würde schon noch sehen.

Sie winkte einen Kellner heran und bestellte sich ein Glas Wasser. Dann ließ sie die Augen genüßlich über die Tanzenden schweifen. Sie liebte es, am Rande eines Geschehens zu sitzen und die Menschen zu beobachten. Mit liebevollem Spott verfolgte sie die Verrenkungen einer anderen älteren Dame, vermutlich eine Urlauberin, die sich etwas ungelenk und doch offensichtlich im festen Glauben der eigenen Anmut vor ihr drehte. Dann blieben ihre Augen an Charlotte hängen, die sich in ihre Nähe begeben hatte und in ihre Richtung tanzte, dann ihrem eigenen Rhythmus folgte.

Sie mochte es, ihrer Freundin beim Tanzen zuzusehen. Es war ihr so vertraut, wie die andere ihren Körper bewegte. Es gab ein ganz bestimmtes Wiegen, das sie besonders an ihr liebte. Bei wie vielen Gelegenheiten waren sie zusammen tanzen gewesen, an unzähligen Orten, in all den

Jahrzehnten! Sie sah sie vor sich, wie sie in jungen Jahren ausgesehen hatte, als wäre es gestern gewesen, ihr schönes Gesicht mit den großen Augen. Auch heute noch war Charlotte eine strahlende Frau. Und sie bewegte sich immer noch mit der ihr eigenen Eleganz.

Charlotte hatte sie eine der grundlegenden Wahrheiten des Lebens gelehrt. Sie hatte es ihr nie erzählt. Auf eine Weise sich nie getraut. Aber es war wahr: Charlotte hatte sie begreifen lassen, daß Schönheit sich selbst definierte. Daß Schönheit nichts war, das sich definieren ließ. Schon gar nicht gesellschaftlich.

Als sie damals nach London kam, war sie gerade der unaushaltbaren Situation im Haushalt ihres Onkels in der Schweiz entflohen. Je mehr seine persönlichen Probleme zugenommen hatten, desto unerträglicher und tyrannischer war er seiner Frau gegenüber geworden. Desto mehr Verachtung hegte er für den Körper ihrer Tante. Ihren Körper, der rund und voll war, unglaublich weich und anschmiegsam. Ihre Brüste waren das Betörendste überhaupt. Als heranwachsendes Mädchen hatte sie immer gehofft, die ihren würden einmal die gleiche Vollkommenheit erlangen (was glücklicherweise ihrer Meinung nach auch weitgehend eingetreten war). In den Augen ihres Onkels jedoch war kein Raum für die Schönheit seiner Frau. Ihm galt sie aus dem Leim gegangen. Verfettet. Er sah nur jenes längst vergangene Schönheitsideal, das seine Frau vor ihren Schwangerschaften so vollendet verkörpert hatte. Seine wiederkehrenden, erniedrigenden, vor Verachtung berstenden Schmähreden gegen den Körper ihrer Tante hatten sich tief in sie als Mädchen eingegraben. Mit Entsetzen erfüllt, in welches Ausgeliefertsein einen überschäumende Weiblichkeit zu bringen schien. Niemals, niemals wollte sie selbst so etwas erleben müssen.

Es war damals für sie noch nicht durchschaubar gewesen, daß es eigentlich nicht um den Körper ihrer Tante ging. Daß dieser nur eines der Schlachtfelder war, auf denen ihr Onkel seinen tyrannischen Kampf gefochten hatte, ihre Tante nach seinem Gusto zurechtbiegen zu wollen. Auch wenn ihm das letztlich nicht gelungen, ihre Tante schließlich ausgebrochen war – das Entsetzen, die Scham und das Gefühl, ein solches Ausgeliefertsein für sich selbst um jeden Preis vermeiden zu müssen, hatten sich tief in sie eingebrannt. Und waren von da an eins gewesen mit weiblich-ausladenden Körpern.

Dann war sie Charlotte begegnet. Charlotte war der erste Mensch in ihrem Leben, der sich ob seiner Rundungen nicht beschämen ließ durch seine Umwelt. Charlotte versteckte nicht. Charlotte zeigte. Einen Körper voller Kurven und Weichheit, den sie sehr reizvoll zu kleiden wußte. Meistens. Manchmal hatte sie Anwandlungen eines etwas eigenwilligen Geschmacks. Aber so war sie: extravagant. Strahlend. Und wunderschön.

4

Von Lissabon aus waren sie ans Meer gefahren. Es wäre undenkbar für sie gewesen, ihm fernzubleiben, da sie sich so nahe wußten. Voll tiefer Freude lief die alte Frau neben Charlotte den Weg entlang, der von dem kleinen Ort an die Küste führte. Dann sahen sie es vor sich – voll endloser Weite lag es da, aufgepeitscht vom Wehen des Windes, im schönsten Graublau. Es war unglaublich, über welchen Nuancenreichtum dieser Farbe das Meer verfügte. Sie sogen die Luft ein, ließen sich das Schreien der Möwen um die Nase wehen. Das Wiedersehen mit dem Meer war wie immer eine ganz besondere Begegnung für die alte Frau – es machte sie glücklich. Tief glücklich. Aber so war das halt, wenn man die Liebe seines Lebens wiedersah.

Bei all den vielen Orten, die sie gesehen hatte in ihrem Leben – es gab keinen, der sie sich so aufgehoben fühlen ließ wie das Meer. Und jetzt, bei dieser Suche nach einem letzten Platz, sollte es sie wieder hierhin verschlagen. Das stand fest. Ihr fehlte das Leben mit dem Meer. Sein Rauschen, die Spaziergänge, seine Wildheit, die Momente der Kontemplation, seine tiefe Schönheit, die Ruhe, die es ihr gab.

In der Hochphase ihrer Arbeit als Photographin hatte es Zeiten gegeben, die sie auf den Ozeanen zu verbringen vermochte. Wie sie das geliebt hatte – wie ihr das fehlte: draußen zu sein auf der endlosen Weite des Meeres. Mit nichts um sich herum als dem Horizont, vereinzelten Vögeln und den wenigen Menschen, die sich ebenfalls an Bord des Schiffes befanden. Am glücklichsten war sie gewesen, wenn es nichts gab als diesen Horizont, kein Land, kein anderes Schiff. Nichts als diese Weite, dieses Glück.

Nach der Teilnahme an mehreren Forschungsreisen hatte sie die wechselnden Crews des Schiffes gekannt. Es gab eine begrenzte Menge an Arbeitskraft und eine nicht endende Flut an Arbeit. Sie hatte begonnen auszuhelfen. Allmählich war sie als feste Größe an Deck eingeplant worden. Ab da war sie immer wieder mitgefahren. Es waren Wochen der harten körperlichen Arbeit gewesen, der unglaublichen Kameradschaft oder großer Einsamkeit, je nachdem, der erfüllenden Photographie und des tiefen inneren Glücks.

Es war ihr schwergefallen zu akzeptieren, daß ihr Körper zu alt geworden war für den harten Einsatz. Ihre Zeiten auf dem Meer waren seltener geworden. Es kam nicht oft vor, daß man einen entsprechenden Photoauftrag an Land ziehen konnte. Es fehlte ihr, draußen zu sein. Dieser Job war anders gewesen als die vielen Gelegenheitsarbeiten, die sie über die Jahre in den verschiedensten Ländern zur Überbrückung angenommen hatte, wenn das Schreiben und die Photographie wieder einmal den Geldbeutel nicht genug füllten, um die Miete oder die nächste Fahrkarte zu bezahlen.

Ja, dieser Job war anders gewesen. Er hatte sie glücklich gemacht, wie das sonst nur Stift und Papier oder eben ihre Kamera vermocht hatten. Sie seufzte. Ob sie je wieder hinausfahren würde? Das Meer war so anders da draußen, als man es von der Küste her kannte. Seine Geräusche waren anders, der Wellenschlag. Natürlich nicht zu vergessen seine Weite. Die tiefe Sinnlichkeit seiner Bewegungen …
Erschrocken fuhr sie auf, als Charlotte sie am Arm berühr-

te. Sie hatte nicht bemerkt, daß diese bereits vorgegangen, schließlich zurückgekommen war, um sie einzusammeln. Verwirrt und wie aus einer anderen Welt kommend sah sie sie an. Wo kam denn Charlotte nun her? Sie war doch nie dabei auf diesen Reisen ...? Es dauerte einen Moment, bis sie begriff, daß es nur ihre Gedanken gewesen waren, die sie aufs Meer entführt hatten.

Verloren schritt sie hinter Charlotte her. Ah, da war ja die alte Steinbank, auf der sie schon damals gesessen hatten. Schwer ließ sie sich darauf fallen, den Blick haltlos in die Ferne gerichtet. Ihr war nicht recht wohl zumute. Erst allmählich drang in ihr Bewußtsein, daß Charlotte ihre Hand hielt, wie um sie in der Realität zu verankern. Den Ausdruck der Sorge sah sie nicht, mit dem ihre Freundin sie musterte, zu versunken war sie in ihrer eigenen Verwirrung über diesen so lebensechten Ausflug aufs Meer.

Das Meer war ihre letzte gemeinsame Station gewesen. Von hier aus waren sie zurück nach Lissabon gefahren und nach einer weiteren Nacht in der Stadt direkt in den Zug gestiegen. Den Zug zurück nach Spanien. Dorthin, wo sie sich verabschieden würden. Voll Beklemmung und im Bemühen, die gemeinsame Zeit bis zuletzt auszukosten, hatten sie sich dem Ort ihrer Trennung genähert. Ein weiterer gemeinsamer Abend, eine letzte Nacht. Dann war Charlotte zurück nach Deutschland gefahren. Sie wollte sich Gedanken machen, was sie von einem Umzug hielt. So schnell konnte sie das nicht zusagen. Die alte Frau würde sie über ihre Pläne auf dem laufenden halten. Bescheid geben, wenn sie sich konkretisierten. Ausschließen wollte Charlotte es nicht. Auch in ihr lebte die Sehnsucht nach einem gemeinsamen Ort am Meer.

Charlotte war also zurück nach Deutschland gefahren und sie selbst in den Zug nach Paris gestiegen. Paris, das vor ihr lag! Erschrocken sah sie auf. Daß sie sich aber auch immer so in ihren Gedanken verlor! Sie warf einen Blick auf die Uhr: nur noch wenige Minuten bis zur Ankunft in Paris.

5

Das Gewühl am Bahnsteig erschlug sie. Es war noch früh am Morgen, aber den hektischen Betrieb schien das nicht zu stören. Sie zog ihren Koffer hinter sich her, hielt nach einem Café Ausschau – dort an der Ecke. Die Autos galt es zu ignorieren. Sie ließ sich nieder, glücklich, noch für eine Weile dem Trubel der Großstadt entkommen zu können. Vorbereitungszeit, wie sie es nannte. Zeit, alles erst einmal, gleichsam als Aperitif, auf sich wirken zu lassen.

Thé au lait und beim Bäcker geholte *pain au chocolat* – ihre Züge entspannten sich, und die nächtliche Zugfahrt fiel allmählich von ihr ab. Paris stand zu ihrer Verfügung! Ihr letzter Besuch in der Metropole war einige Jahre her. Wie sehr sich die Stadt doch verändert hatte, seit sie ihr das erste Mal vor mehr als einem halben Jahrhundert begegnet war! Amüsiert dachte sie zurück. Gott, wie jung sie damals war, gerade einmal Anfang zwanzig.

Bei diesem Aufenthalt hatte sie drei Tage zur freien Gestaltung, ehe sie mit ihrer alten Weggefährtin Simone verabredet war. Sie hatte ihr gesagt, sie würde ihr Bescheid geben, sobald sie ihre genaue Ankunftszeit wisse. Nun würde sie eben anrufen und sagen, sie sei schon da und wo sie sich treffen könnten. Sie hatte ein Gefühl, die Freundin würde sie nicht aus den Fingern lassen, wenn sie erst einmal bei ihr war. Nichts war ihr verhaßter. Der Gedanke allein bereitete ihr Unbehagen. Nicht dann und wann seinen Stimmungen folgen und hingehen zu können, wo man wollte, kaum freie Momente für Ruhe zu haben – zum Nachdenken, für einen Tee in einem Café, so wie jetzt, einen Brief schreibend oder die Vorbeigehenden beobachtend – das war, als nähme man ihr die Luft zum Atmen.

Also hatte sie beschlossen, drei Tage früher zu kommen, in aller Freiheit durch die Stadt zu streunen, um dann, so ihre Hoffnung, voll Gelassenheit die Freundin zu treffen. Ein wenig ärgerlich schüttelte sie den Kopf. Worauf hatte sie sich da nur wieder eingelassen? Warum hatte sie Paris nicht ohne einen Besuch bei Simone genießen können? Sie verwarf den Gedanken. Dafür war es nun zu spät. Außerdem gab es vermutlich nicht mehr viele Gelegenheiten, sie je wiederzusehen.

Gedankenverloren nippte sie an ihrem Tee, während sie ihren Blick auf den vorbeieilenden Menschen ruhen ließ. Er fing sich im Schaufenster nebenan, folgte den Linien ihres Spiegelbildes. Ob Simone wohl noch genauso Spielball ihrer Eitelkeiten war wie früher? Was die Freundin wohl von ihr denken würde? Trotzig schob sie das Kinn vor. Sie konnte sich immer noch als attraktiv bezeichnen. Simone und ihr Konkurrenzdenken konnten ihr gestohlen bleiben. Dann wurde ihr Blick prüfender, selbstkritischer, ein wenig unsicher. War sie tatsächlich noch anziehend?

Es hatte kaum eine Rolle für sie gespielt die letzten Jahre, ihr Aussehen. Die Wahl von Kleidung. Was interessierten sie solche Nichtigkeiten, solche belanglosen Äußerlichkeiten angesichts ihres Verlustes? Erst das Ausgehen mit Charlotte hatte diese Dinge wieder in ihr Bewußtsein gerückt. Es war ein gutes Zeichen. Es sprach dafür, daß die Trauer nachhaltig aus ihren Gedanken zu weichen begann.

Neugierig betrachtete sie sich selbst. Ihr war, als sähe sie sich zum ersten Mal bewußt an – seit, ja wann? Aikes Tod? Dem Ausbruch ihrer Krankheit? Das Leben hatte über die

Jahrzehnte tiefe Falten in ihr Gesicht gegraben: Sonne und Wind, Freude, Trauer und Schmerz hatten ihre Spuren hinterlassen. Besonders der Schmerz. Sie war stark gealtert die vergangenen Jahre, da gab es keinen Zweifel. Doch wenigstens war das Lächeln inzwischen in ihre Augen zurückgekehrt. Auch war der ernste, verhärmte Ausdruck wieder aus ihren Zügen gewichen – seit dem Urlaub mit Charlotte gar ein Anflug ihrer alten Lebendigkeit sichtbar. Ob auch das Strahlen zu ihr zurückgekehrt war, das Aike so an ihr geliebt hatte? Sie vermochte es nicht zu sagen. Was wußte sie denn noch von den Kategorien der Attraktivität? Es war so lange her, daß sie sich als alleinstehende Frau durchs Leben bewegt hatte, ohne den liebevoll-bestätigenden Spiegel von Aikes Augen.

Sie selbst hatte einen bestimmten Typ alter Frauen immer sehr attraktiv und anziehend gefunden. Nun fiel sie unzweifelhaft selbst in diese Altersgruppe der *richtig* alten Frauen. Ob sie auch zu den spannenderen gehörte? Ein wenig unwirsch schob sie den Gedanken beiseite. Zum Teufel mit der Attraktivität und all diesen absurden Fragen! Solange nur ihr Geist noch wach war. Das war, wovor sie Angst hatte. Unwillkürlich klopfte sie auf das Holz des Tischchens; eine Angewohnheit, die sie von ihrer Großmutter geerbt hatte. Die Vorstellung, nicht klar denken zu können, nicht sprechen, vor allem: nicht mehr schreiben zu können, wirr im Kopf zu sein – bei diesem Gedanken kroch ihr Panik das Rückgrat hinauf.

Hoffentlich merkte man es nicht, wenn es geschah; hoffentlich amüsierte man sich mit den eigenen Verstrickungen und wurde dann für den Tod noch einmal klar. Sie wollte bei sich sein für ihren Tod. Vom Leben Abschied nehmen können. Ihrer Dankbarkeit Ausdruck verleihen, daß sie hatte dabeisein dürfen. Denen Aufwiedersehen sagen, die sie eine Weile nicht sehen würde. Und voll Freude jene begrüßen, die ihr vorausgegangen waren. Es mußte ein herrlicher Moment sein. Wie eine große Party, die einem zu Ehren gegeben wurde. Ein großes, festliches Dinner, ein riesiges Festmahl mit all den Freunden, die man jetzt – endlich – wiedersah. Aike allen voran, Gitane neben sich. So stellte sie es sich vor, den Übergang vom Leben zum Tod. Und den wollte sie auf keinen Fall durch Verschlafen verpassen. Vielleicht würden sie einen ja sowieso wecken, drüben – nur: man wußte es eben nicht so genau.

Ja, ihre Erfahrungen und Erlebnisse hatten sich in ihre Gesichtszüge gegraben wie Meer und Wind in Gestein. Es war kein „makelloses" Gesicht – als ob das möglich wäre im Alter von vierundsiebzig Jahren! Spott durchzog sie. Aber es gab genug Altersgenossinnen, die immer noch um diese Illusion bemüht zu sein schienen. Ihre Freundin Simone zum Beispiel. Sie hingegen war stolz auf ihre Falten – wenn sie lächelte, verzog sich ihr Gesicht zu einem Meer aus Runzeln und Furchen.

Auch hatte sie, all ihrer Trauer zum Trotz, nicht diese vergrämten Linien, diesen verhärmten Zug um den Mund nach unten. Erschreckend viele ältere Frauen hatten das. Es kam von der Unzufriedenheit in ihrem Leben, von der Selbstaufgabe, die in dieser Gesellschaft von ihnen als Frau erwartet wurde. Der Erziehung zur Selbstaufgabe, die sie als Mädchen eingebrannt bekommen hatten. Es kam davon, daß sie zu wenig von ihrem Innersten gelebt hatten, da war die alte Frau sich sicher.

Im Gesicht ihrer Mutter hatte sich dieser Zug phasenweise auch gefunden. Sie hatte lange Jahre vieles verleugnet, vieles nicht wahrhaben können. Es mußte an ihr gezehrt haben. So etwas konnte nicht spurlos an einem Menschen vorübergehen. Es war ihr manchmal erschienen, als hätte es sich dieses Ventil gesucht. Dabei hatte ihre Mutter auf dem Photo, das nach der Geburt ihrer Tochter gemacht worden war, so lebensfroh und strahlend gewirkt. Zum Zeitpunkt ihrer Scheidung – leider erst dreißig Jahre später – war dieses Leuchten aus ihren Zügen gewichen. Erst mit zunehmendem Alter hatte sie wieder jenes innere Glück ausgestrahlt. So gesehen war für sie selbst der Ruhestand ihrer Mutter eine ähnlich schöne Zeit gewesen wie die Jahre ihrer frühesten Kindheit.

Ihre Beziehung zueinander war immer fundamental gewesen, ihr Leben lang. Nicht notwendigerweise ungetrübt, aber grundlegend. Sie hatte immer gehofft, ihre Mutter würde irgendwann für sich an den Punkt kommen, die Dinge wieder vorbehaltlos sehen zu können. Um der Entspannung willen, der Erlösung von dem Gewicht, das sie all die Jahre, halb unwissend, mit sich herumgetragen haben mußte. Ungeklärte Wahrheiten, verdrängt und unaufgearbeitet – diesen Knoten im Magen, dieses Herz aus Stein vertrug die Seele nicht gut. Und war man nicht bereit, das anzuerkennen – nun, dann schlug die Seele eben ihre Krallen in den Körper, focht dort ihren Kampf aus und verschaffte sich auf diese Weise Gehör. Da war die alte Frau sich sicher, das hatte das Leben sie gelehrt. Außerdem kannte sie sich aus mit den Seelen, den Befindlichkeiten von Menschen. Vielleicht lag es daran, daß sie so viel gesehen und erlebt hatte in ihrem Leben. Und doch – wenn sie ehrlich war, waren Menschen schon immer wie ein offenes Buch für sie gewesen. Sie konnte es nicht genau erklären, aber Menschen, die sie berührten auf die eine oder andere Weise, konnten nicht viel geheimhalten vor ihr auf Dauer. Sie las in ihnen wie in einem fremdländischen Mosaik. Nicht immer fehlerfrei – Übersetzungsfehler waren nie ganz auszuschließen –, aber das Muster, das Grundpattern, wie sie es nannte, war doch meist deutlich zu erkennen.

Wieder fing die Spiegelung ihres Körpers ihre Aufmerksamkeit: Sie mochte ihren Mund. Oberhalb gab es wunderschöne Einkerbungen: Wie in Rinnen zog sich die Haut senkrecht zu ihm nieder. Es erinnerte sie an Fjorde im felsigen Küstengestein. Landschaften aus Haut, Landschaften in der Natur: Der Mensch konnte sich eben doch nicht loslösen von der Welt um sich herum. Die Haut ihrer Lippen war immer noch zart und weich. Nur – welchen Unterschied machte das? Wie lange schien es her zu sein, daß sie jemanden geküßt hatte! Sie seufzte. Ob sie es je wieder tun würde?

Der Schmerz um Aike begann erst allmählich aus diesem Gedanken zu weichen, war immer noch als Nachhall zu spüren. Würde es wohl ewig bleiben. Tränen traten ihr in die Augen. Das geschah ihr inzwischen ständig – diese verdammte Rührseligkeit! Neben all ihrer berechtigten Trauer war da neuerdings immer häufiger diese Heulerei, die sie ohne Vorwarnung überfiel. Eine rührselige alte Frau würde sie noch werden!

Oder war sie das in Wirklichkeit schon längst? In Gedanken konsultierte sie Aike, sah ihren Blick, den allen Ausschlag gebenden Blick auf sich gerichtet, spöttisch, liebevoll: „Natürlich bist du eine rührselige alte Frau. Bist du das nicht schon immer gewesen? Hast du nicht geheult wie ein Schloßhund angesichts mancher Bilder von Krieg und Zerstörung, wenn deine Erinnerung an all das Elend wachgerufen wurde, das du gesehen hast in deinem Leben? Hast du nicht manchmal beim Ausdruck einfachster Menschlichkeit geweint, seit ich dich kenne?“ Sie hörte ihr Lachen – wie es hallte in ihren Ohren! Musik! Und unter dem Spott der anderen floß der altbekannte Fluß der Zuneigung, Liebe, Bestätigung. „Du bist wunderbar, so wie du bist. Laß gut sein. Mach dir keinen Kopf. Dazu bist du zu alt.“ Wieder ihr Lachen. „Ich würde mich wieder in dich verlieben – täglich neu. Aber mein Herz ist zu voll. Es würde platzen. Es ist schon so voll von dir.“ Das hatte Aike oft gesagt. Und sie dann geküßt. Jedes Mal. Ich dich auch, mein Herz. Ich dich auch.

Gedankenverloren glitt ihre Hand über ihr Kinn. Sproß da etwa wieder ihr Altfrauenbart? Kritisch befühlte sie ihre Kinnpartie. Diese verdammte Vergeßlichkeit! Wie hatte sie es nur verschusseln können, vor der Abfahrt einen ausführlichen Blick in den Spiegel zu werfen! Sie wußte doch, wie schnell sie nachwuchsen. Es war wirklich ein Kreuz. Das Erbe ihrer Urgroßmutter mütterlicherseits – wenigstens wußte sie, daß sie damit in der Tradition der Frauen ihrer Familie stand. Das machte es zwar nicht besser, aber es stimmte sie versöhnlicher gegenüber ihrem Körper. Ansonsten war sie eigentlich recht zufrieden mit sich. Im großen und ganzen. Ihr Körper war schlank, noch ansatzweise muskulös. Drahtig. Wenn auch zu mager nach der Zeit des Hungers, in die sie ihre Trauer geführt hatte. Zierlich und leicht gebeugt ihre Gestalt. Nicht geschrumpft, nur ein wenig gebeugt wie von der Last der letzten Jahre. Aber es ging noch. Fand sie selbst. Ihre Brüste – sie waren …

Verwirrt blickte sie hoch. Wie lange saß sie hier schon? Wo war sie? Natürlich, in Paris. Sie hatte drei Tage zu ihrer freien Verfügung. Zum Teufel mit all diesen Gedanken!

Was war nur mit ihr los? So etwas geschah ihr in letzter Zeit immer häufiger: Sie dachte einen Gedanken, und dieser begann plötzlich Kreise zu ziehen. Sie verlor sich auf seinen Fährten, entdeckte einen Schatz nach dem anderen – und erwachte irgendwann und fragte sich voll Erstaunen, wo sie gewesen war. Es war erschreckend, wie real ihre Gedanken dann waren. Wie ausschweifend sie sich vor ihrem inneren Auge festsetzten, sie aus der Wirklichkeit entführten. Ein wenig beschämt und wie um sich in der Realität dieses Morgens zu verankern, suchte sie nach ihrem Geld.

Es war immer noch irritierend für sie, dieses Reisen in Europa ohne Umrechnungen. Sie würde sich nie daran gewöhnen. Sie wollte es auch gar nicht. Ihr fehlte das alte Gefühl von Fremde und Abenteuerlust, das sie immer beschlich, wenn sie eine andere Währung in der Hand hielt. Sie seufzte. Nichts blieb, wie es war.

Ein wenig mühsam rappelte sie sich auf. Es galt, ein kleines Hotel zu suchen, das Gepäck abzuladen, zu duschen und wieder los in die Stadt zu ziehen. Bei dem Gedanken fühlte sie Müdigkeit in sich aufwallen – vielleicht sollte sie doch erst einmal schlafen und sich eine Pause gönnen!

6

Autos und Hektik. Paris war erschlagend die ersten Tage. Schon als junge Frau war sie überwältigt gewesen vom Einsturm stinkender Abgase und eilender Massen. Es schien nie auch nur für einen Moment ruhig zu werden – und doch wartete man immer darauf. Frankreich, das war so eins mit Straßencafés und gemütlichem Sinnieren. Und Paris – schon der Name weckte Musik in ihr. Die Ankunft in der Wirklichkeit war wie ein Schock.

Ihre architektonische Begeisterung für Kathedralen hatte sie wieder einmal Notre-Dame besuchen lassen, ehe sie an der Seine entlanggeschlendert war. Das war für den Anfang genug des Touristentrubels! Sie beschloß, sich ins nahegelegene Musée d'Orsay zu retten.

Sie genoß das Zufallen der Türen hinter sich, die schlagartig eintretende Ruhe. Nur eine Kinderstimme hallte von irgendwoher. Hier war ihr Reich. Gaugin, Pissarro, Sisley, Munch und Seurat – die Namen versprachen ein Fest der Sinne. Ein Meer an Farben, Formen, Sinnlichkeiten. Zufrieden betrat sie den ersten Raum.

Später, viel später, müde und voll von Eindrücken und jenseits aller Aufnahmefähigkeit ließ sie sich in einer kleinen Bar nieder. Die Luft war angenehm, das Leben auf der Straße hatte sich etwas beruhigt. Selbst der Verkehr schien nachgelassen zu haben. Die Sonne warf einen warmen Schein auf alles. Morgen wollte sie zur Entspannung im Jardin du Luxembourg verweilen, gemütlich ein Buch lesen, vielleicht einige Zeilen schreiben (vielleicht auch in der umgekehrten Gewichtung), auch ein paar Briefe an Freunde. Schriftverkehr war wichtig, wenn man sich so selten sah.

Sie liebte das Gefühl, einen Brief zu entfalten, das Papier in den Händen zu spüren, das noch wenige Tage zuvor von einer Freundin oder einem Freund gehalten worden war. Manchmal war ihr fast, als könne sie den Geruch des geliebten Menschen aufsteigen riechen oder die vertraute Stimme der Person erklang in ihr. Vergangene Erlebnisse erwachten zum Leben, Momente des Zusammenseins. Es war wie eine Begegnung, kurz und unverhofft.

Sie sah auf. Eine Bewegung nur, im seitlichen Feld ihrer Augen. Irgend etwas ließ sie aufhorchen. Sie blickte sich um, am Nebentisch fragte eine junge Frau nach einem freien Platz. Sie wurde anscheinend abgewiesen, denn sie kam nun zu ihrem Tisch herüber. Sicher, sie könne sich setzen; in gebrochenem Französisch machte sie eine einladende Geste, räumte dann ihre Sachen ein wenig zur Seite. Ihr Gedankenbuch, Papier und Stifte, dazu die Utensilien der kleinen Mahlzeit, die sie sich gegönnt hatte. Sie schien den ganzen Tisch als ihr Terrain abgesteckt zu haben.

Die andere setzte sich. Sie ordnete weiter ihre Sachen, hielt sich einen Moment beschäftigt und betrachtete die junge Frau verstohlen: Sie mochte Mitte zwanzig sein, ihre Haare – feuerrot – waren zu einem losen Zopf geflochten, den sie jetzt wie zur Einleitung des Feierabends öffnete. Die andere bestellte sich einen Kaffee.

Die Anwesenheit des Mädchens irritierte sie. Es war keine unangenehme Anwesenheit. Dennoch war sie ablenkend. Sie versuchte, sich wieder auf ihren Brief zu konzentrieren. Ihre Reise nach Paris – so spannend das eben noch zu berichten war, die Buchstaben und Worte tanzten vor ihren Augen, entglitten ihren Fingern, verloren ihren Sinn. Es war langweilig, angesichts dieser Frau einen Brief zu schreiben.

Ärgerlich warf sie den Stift aufs Papier. Der Hals der jungen Frau zog eine sanfte Kurve, traf in einer vollendeten Linie aufs Schlüsselbein und das Dekolleté – ihr Körper regte sich sacht. Ein leichtes Kribbeln. Sie betrachtete die Gesichtszüge, folgte dem Lauf der Linien mit den Augen, ließ ihren Blick auf dem Mund ruhen, der sich in diesem Moment zu einem unmerklichen Lächeln verzog. Die andere sah sie kurz an und vertiefte sich dann wieder scheinbar angestrengt in ihr Buch. Das Lächeln intensivierte sich. Sie schien sich der Aufmerksamkeit, die sie bekam, durchaus bewußt zu sein. Ertappt senkte die alte Frau den Blick. Sie fühlte sich ein wenig seltsam, beinahe beschämt – die andere war jung. So jung. Und sie selbst so ein altes Weib.

Sie atmete innerlich einmal tief durch und sah dann wieder hoch. Die andere lächelte noch immer, ein tiefes, berührendes Lächeln. Die alte Frau war erstaunt. Sie war wirklich erstaunt. Mit solch einer Reaktion hatte sie nicht gerechnet. Nicht von einem so jungen Mädchen. Sicherheitshalber erging sie sich in der Beobachtung Vorübergehender. Als sie den Blick zurückwandte, sah die andere sie an.

„*Salut.*“ Die Junge lächelte ein wenig schüchtern. „Besuchen Sie Paris?“

Das Mädchen hatte von sich aus ins Englische gewechselt. Sehr zuvorkommend. Ganz besonders in Frankreich. Allerdings war ihr Französisch auch wirklich sehr rudimentär und für ein Gespräch nur mäßig geeignet. Klar, sie kam durch, doch eine flüssige Unterhaltung … Um so mehr freute sie sich über das Gesprächsangebot in Englisch.

„Ja, ich bin allein auf Reisen.“ (Oh, welch geistreiche Antwort.) „Eigentlich bin ich nur für ein paar Tage alleine hier …“ Sie machte eine Pause, ein wenig unsicher, wieviel ihrer Reiseumstände sie mitteilen sollte. Die andere blickte sie an, in Erwartung, ob sie ihren Satz beenden würde.

„Ich bin nach Paris gekommen, um eine Freundin zu besuchen", fügte sie hinzu. Sie lächelte gedankenverloren. „Ich mag sie, aber sie kann sehr ... sie fordert viel Aufmerksamkeit. Deshalb dachte ich, nach ein paar Tagen allein in der Stadt werde ich vielleicht etwas entspannter mit ihr umgehen können." Ihr wurde bewußt, daß sie die andere immer noch intensiv anlächelte, ja förmlich anstrahlte. „Und du? Was machst du in Paris?"

„Ich lebe hier. Ich bin vor kurzem fürs Studium hergekommen. Ursprünglich komme ich aus dem Westen Frankreichs."

„Woher genau, wenn ich fragen darf?"

„Eine kleine Stadt in der Bretagne. Sie heißt Pontivy."

„*Breizh.*" Die alte Frau sprach den bretonischen Namen voll Liebe aus; vor ihrem Auge erstanden Bilder des geliebten Landstrichs. Die andere sah sie mit Interesse an. Das Licht fing sich in ihren dunklen Augen und gab ihnen eine abgründige Tiefe. Die alte Frau dachte an das Meer. An seine gewaltige, herrliche Schönheit, die sie bereits wieder zu vermissen begonnen hatte. Dann brachten die Augen ihr gegenüber, immer noch fragend, sie zurück in die Gegenwart.

„Ich war oft in der Bretagne. Das letzte Mal ist noch gar nicht so lange her. Sie war immer wie ein Zuhause für mich." Sie tippte sich leicht an die Herzgegend. „Eine meiner lebenslangen Lieben", fügte sie spitzbübisch hinzu.

Es dauerte nicht lange, und die Junge entführte sie mit Erzählungen von ihrer Heimat an gesehene und erträumte Orte der Bretagne – wer vermochte das noch so genau zu sagen, nach einem so langen Leben und mit einem solchen Schatz von Bildern im Kopf! Sie ließ die alte Frau mit ihren Worten das Rauschen des Meeres hören, das in Wirklichkeit wohl eher dem vorbeiziehenden Verkehr entsprang.

Schließlich kehrten sie ins Hier und Jetzt des frühen Abends zurück. Doch statt sich beide wieder an ihre Arbeiten zu machen, begann die junge Frau von ihrem Leben in Paris zu erzählen: von ihrem Kunststudium, ihrer Liebe zur Malerei, ihren verehrten malenden Vorbildern und Helden. Sie entdeckten gemeinsame Vorlieben und verschiedene Ansichten. Voll Faszination (und innerlichem Schmunzeln) lauschte die alte Frau ihren Erzählungen von den ersten Monaten in Paris, dem Rausch der Entdeckung, mit dem ihr Gegenüber begonnen hatte, sich die Stadt anzueignen. Sie berichtete von ihren eigenen Querelen, Paris mit all seiner Hektik und seinen Menschenmassen zu verarbeiten. Die andere sah sie nur verständnislos an und ereiferte sich mit glänzenden Augen, wie schön das doch sei, nach all der Langweile in Pontivy. Daß sie genug Ruhe gehabt habe in ihrem Leben. Für den Rest ihres Lebens! Die alte Frau mußte sehr lachen bei diesen Worten. Wie vertraut, wie fern war ihr dieses Gefühl! Und wie wohltuend hatte Ruhe begonnen zu sein. Wieder begonnen zu sein, berichtigte sie sich innerlich. Sie war froh, daß sie Innehalten nach all der Trauer wieder genießen konnte. Das Alter brachte einfach diese sonderbare, herrliche Wertschätzung von Geruhsamkeit mit sich.

Sie erzählte der Jungen von der Unruhe in ihrem Leben – davon, wie viel sie gereist war all diese Jahrzehnte, von ihrer Arbeit als Photographin. Ihrer Schreiberei. Daß sie bis heute hin und wieder Photographien und Bücher veröffentlichte. Gerade begann, sich in eine neue Schaffensphase hineinzuarbeiten. Es lief wirklich ausgesprochen gut. Diese Erkenntnis formte sich deutlich in ihren Gedanken beim Erzählen. „Weißt du, Verlage erwarten nicht gerade, daß man als alte Schachtel durch die Welt rennt und spannende Photos macht. Aber natürlich hat man seine Kontakte nach all der Zeit. Mit der Schreiberei ist es ähnlich." Außerdem kennt und liebt einen die Leserschaft, fügte sie in Gedanken hinzu. Sie hatte ihr Licht hier deutlich unter den Scheffel gestellt. In den langen Jahren ihres Schaffens hatte sie sich einen Namen gemacht; ihr Werk wurde als moderne Form der klassischen Reiseerzählung angesehen.

Schließlich strandeten sie bei der Zeit ihres Lebens, die die alte Frau mit liebevoller Selbstironie ihre „orientalische Phase“ nannte. Die Junge lauschte voll Faszination ihren Schilderungen aus den Gebieten der verblichenen „Tausendundeine Nacht“.

Das Gespräch war noch etwas weitergegangen, war gestiegen und gefallen wie der Lauf eines Flusses – sprudelnd, schäumend hier, ruhig und gemächlich zum Ende hin. Schließlich vertieften sich beide wieder in ihre eigenen Welten: Briefe an Freunde, die Konzeption eines neuen Buches hier und das Zusammenspiel von Licht und Farbe in der aufkommenden malerischen Revolution des beginnenden 20. Jahrhunderts dort. Sie saßen lange beisammen. Das helle Licht des frühen Abends wechselte allmählich in den sanften Schein der fortgeschrittenen Dämmerung.

Die alte Frau spürte eine wachsende Notwendigkeit zu gehen: Ihre Müdigkeit begann sich zu melden. In ihr war eine Unruhe aufzubrechen, eine Unruhe zu bleiben. Als sie sorgfältig ihren Füller in die Tasche räumte und ihre Papiere zusammenlegte, beschlich sie ein Gefühl des Bedauerns. Es war ein interessantes, anregendes Gespräch gewesen, voll der Ähnlichkeiten und Fremdheiten zugleich. Ohne grundlegende Fremdheiten, eher mit Prägungen unterschiedlicher Blickwinkel. In gewisser Weise war ihr vieles vertraut, was die Jüngere erzählte. Die Schilderungen des Mädchens weckten Erinnerungen in ihr, wie sie selbst in jungen Jahren gewesen war.

Vor allem jedoch erkannte sie den Blick, die Art des Blickes, wieder. Es war der Blick eines Menschen, der das

Gefühl hatte, das Leben noch vor sich zu haben: daß alles möglich und man selbstbestimmt in seinen Entscheidungen war. Die Junge war den Unabänderlichkeiten in sich selbst noch kaum begegnet. Sie war noch frei von der – bitteren – Erkenntnis, daß die Kompromisse, die man einging im Leben, ihren Niederschlag fanden und dem eigenen Bewußtsein, der eigenen Lebenseinstellung ihren Stempel aufdrückten. Und das mehr, als man dachte. Daß diese Erfahrungen nicht vorübergehender Natur waren, sondern ihre Spuren hinterließen im Gedächtnis der Seele. Es war erfrischend, die Kompromißlosigkeit, die gleichzeitige Kompromißbereitschaft, den Mut dieses ungebrochenen Geistes zu beobachten. Genießen zu dürfen. Sie hoffte, die andere würde diesen Mut nie verlieren. Sich nie prostituieren für die „falschen" Dinge im Leben. Falsch, weil letzten Endes schädlich für einen selbst – Ballast auf der Seele. Nicht falsch in einem moralischen Sinn. Was war schon Moral?

Sie hatte bezahlt, ihre Bücher eingepackt. Es gab keinen Grund mehr zu bleiben. Außer dem einen: Sie wollte die andere wiedersehen. Sie wollte nicht aufstehen und weggehen, sie wollte nicht, daß diese Begegnung im Nichts verpuffte. Sie fühlte sich irritiert. War es nicht absonderlich für eine alte Frau, ein so junges Ding um ein Wiedersehen zu bitten? Oder war das die Narrenfreiheit des Alters?

Sie gab sich einen Ruck: „Bist du morgen auch wieder mit Lesen beschäftigt? Vielleicht könnten wir einander Schreib- und Lesegesellschaft geben, wie wir das heute gemacht haben. Ich werde mir wohl ein nettes kleines Café im Jardin du Luxembourg suchen. Wenn du magst – es würde mich freuen, wenn du dich mir anschließen würdest."

Die andere sah nicht unangenehm berührt aus. Vielleicht übertrieb sie ja auch. Konnte es etwas – Harmloseres geben als eine alte Frau, die einen Kaffee trinken wollte mit jemandem? Sie fühlte sich nur leider so verdammt unharmlos wie irgend möglich. Sie hatte noch nie gewußt, wie sie mit dieser Doppelbödigkeit des Alterns umgehen sollte. Ihr Körper und Geist fühlten sich jung an wie eh und je (na ja, so ähnlich zumindest), aber niemand schien von einer alten Frau zu erwarten, daß sie sich noch als Frau oder gar sexuell attraktiv fühlen könnte. Sicher, heutzutage war das schon weniger ein Tabu. Alte Frauen entdeckten auch gesellschaftlich gesehen ihre Lust. Nur: Konkret begegnet war ihr das eher wenig außerhalb lesbischer Kreise oder ihres persönlichen Umfeldes. Die meisten Frauen wurden alt und damit ausgedörrt – ihre Lebensenergie schien höchstens noch inwendig, im Verborgenen, zu fließen. Kaum etwas Sichtbares oder gar Spürbares mehr. Vielleicht war es also doch normal, die Antwort auf ihre Frage mit Spannung zu erwarten? Oh, das Leben mit seinen Verwirrungen und Rollenkonfusionen!

Die andere dachte immer noch nach. War sie doch schokkiert, abgestoßen? Fühlte sie sich belästigt von ihr?

Die Stimme der Jungen erschreckte sie fast, als sie in die Stille fiel. „Doch, das wäre schön. Ich habe bis um drei Uhr Unterricht, das heißt, ich könnte so gegen vier da sein. Vielleicht auch halb fünf. Möglicherweise schaffe ich's dann endlich, dieses Kapitel fertig zu lesen." Sie hatte bereits ihr Buch zugeklappt und steckte es nun ein. Dann stand sie auf: „Gut, dann bis morgen."

„Ich werde da sein. Mich finden müssen wirst du!"

Die andere war schon dabei, sich zu entfernen. „Werd ich."

Weg war sie. Ein wenig verloren raffte die alte Frau sich auf, um ebenfalls zu gehen. Welch irritierende Begegnung. Ihr fiel auf, daß sie nicht einmal den Namen des Mädchens kannte. Sie spürte ein Gefühl des Bedauerns. Sie war erstaunt. Seit wann bedeuteten ihr Namen etwas? Wie vielen Menschen war sie begegnet auf ihren Reisen, mit wie vielen Fremden hatte sie faszinierende Gespräche geführt! Doch die Namen der Menschen … Namen waren immer erst wichtig geworden, wenn sich herausstellte, daß ein Mensch in ihrem Leben verweilen würde. Warum also dieses Bedauern?

Als sie aufbrach, schob sie den Gedanken an die junge Frau beiseite. Unwillig fast. So eine dumme Gefühlsduselei. Sie war ein nettes Mädchen. Das war alles.

7

Der nächste Vormittag verging wie im Flug. Frühstück bei Croissants und Stift und Papier, das Gesicht genüßlich in die Sonne gereckt. Müde war sie. Körperlich war halt doch nicht mehr alles so machbar, wie sie sich das vorstellte. Aber sie wollte ja sowieso an ihrem Buchentwurf arbeiten. Da kam ihr die Zwangspause ganz gelegen. Besser gesagt: Die Kunst war zu wissen, wann eine Pause angebracht war. Sie hatte gelernt, ihre physischen Beschränkungen und ihre Aktivitäten als eine Frage der Dosierung zu begreifen.

Vage Gedanken für das neue Werk lebten bereits in ihrem Kopf. Die Lebensgeschichte einer Frau. Ob sie sich doch ein anderes Thema suchen sollte? Frauen, Frauen, Frauen – ihre Protagonisten waren fast immer weiblich. Heldinnen, Kämpferinnen, Überlebenskünstlerinnen des Alltags und des Schicksals. Sie liebte Frauen viel zu sehr, um ein anderes Thema faszinierender zu finden. Obwohl sie ebenfalls verschiedene Artikel über die First Nations in Kanada und andere Völker, bei denen sie zu Gast gewesen war, sowie die Zerstörung ihrer Lebensgrundlagen geschrieben hatte. Auch ein Buch über die Vergiftung des Meeres, in Versform. Trotzdem, ihre Geschichten waren aus weiblichen Blickwinkeln geschrieben. Die Welt war voll von Büchern, die das Leben aus männlicher Perspektive beleuchteten. Da schenkte sie ihrer Leserschaft doch lieber etwas Besonderes!

Frauen und ihre Lebenswelten konnten so verschieden sein, das ergab genug Abwechslung. Der Stoff und die Inspiration konnten ihr nicht ausgehen, solange sie ihre Werke um weibliches Leben spann. So viel Unerzähltes bot sich an, aufgegriffen zu werden; eine Geschichte daraus zu weben, daran wiederzuspiegeln – gleich einer Glaskugel, in der sich die Wirklichkeit brach. Kristallisiert und in einer besonderen, einmaligen Art und Weise gebrochen, geronnen. Geschichten waren wie geistige Zerrspiegel: Man gab der Welt ihre ganz eigene, zarte Wölbung. Eine Rundung hier, eine Dehnung dort.

Ja, die Kunst des Schreibens war ihr Salz des Lebens. Ohne war die Welt zu realistisch, grausam und fad. In den Augen der alten Frau glich eine gute Schriftstellerin einer Magierin: Sie entführte die Menschen in ferne, unbekannte Welten. Ihre Worte erschufen ganze Reiche und Kontinente, bisweilen ganze Universen. Auch war man nie allein, wenn man die Kunst des Wortes beherrschte, das hatte sie oft erfahren in ihrem Leben.

Gut, also doch eine Frauengestalt. Eine Frau, die … Ihre Gedanken begannen zu wandern, flossen nach ihrem eigenen Rhythmus und Gutdünken. Sie formten Linien und Kreise und bewegten sich schließlich um einen Punkt: Eine Gestalt, jung und eigenartig betörend, stand in ihrem Zentrum. Ihre Hand hielt einen Pinsel, der Blick war auf die Leinwand konzentriert. Die alte Frau konnte nicht recht erkennen, woran sie malte. Unschärfe zog sich davor wie ein Vorhang. Wie im Traum betrachtete sie lange das Bild der Frau, folgte ihren Bewegungen und der Linie ihren Hals hinab. Es lockte sie, die Gedanken der Malenden zu erkunden, zu entwerfen – einen Teppich zu knüpfen, der die Trennung zwischen Geist und Leinwand aufhob. Den Fluß der Schaffensströme nachzuvollziehen: Wie das Material sich ihr entzog und ihr Körper darauf reagierte – eine hochgezogene Augenbraue, ein Zucken der Mundwinkel. Der Gestalt der Malenden entströmte eine so tiefe

Sinnlichkeit … Die alte Frau hob den Blick. Autos fuhren die Straße hinab und Menschen schoben sich vorbei. Sie war mit ihren Gedanken nicht bei der Figur eines neuen Buches gewesen. Die Gestalt vor ihrem geistigen Auge war die junge Frau von gestern.

8

Ein Flohmarkt. Sie würde auf einen Flohmarkt gehen. Das würde sie ablenken und auf den Boden der Tatsachen zurückholen. Paris und Flohmärkte – welch herrliche Kombination das zu sein versprach! Sie war begeistert von ihrer Idee. Sie wünschte sich einen neuen Hut. Einen dieser schönen, altmodischen Dinger. Als junges Mädchen hatte sie einen sehr aparten französischen besessen. Wenn sie wieder so etwas fand – vielleicht verlieh er ihr aufs Alter einen ganz besonders eleganten Touch. Sie kicherte. Eine Lady von Welt. Wenn das nichts war.

Dabei fiel ihr auf, daß sie noch nie auf einem Flohmarkt in Paris gewesen war. Um so besser. Wozu hatte sie sich diesen Reiseführer gekauft, wenn nicht, um Neues zu entdecken? Sie würde schon einen finden! Entschlossen packte sie ihre Sachen zusammen und machte sich auf den Weg zur Metro.

Sie ließ sich voll Vorfreude auf einem Platz am Fenster nieder. Vor ihrem geistigen Auge sah sie bereits die Schätze, die sie zu finden gedachte. Sie liebte Märkte. Auf ihren Reisen hatte sie unzählige in den verschiedensten Ländern besucht, sie waren ein wiederkehrendes Thema ihrer Photographie. So manches Glanzstück ihrer Garderobe hatte sie bei diesen Gelegenheiten aufgestöbert.

Besonders tief hatten sie auch die Märkte des Orients fasziniert. Welche Pracht an Farben! Stoffe wie aus ihrer geliebten „Tausendundeine Nacht“. Und Silberschmuck,

Gewürze, Lebensmittel. Sie war wie berauscht gewesen, hatte ganze Tage in den Märkten verbracht, die Händler beobachtet und photographiert. Wehmütig dachte sie zurück. Es war eine ganz besondere Zeit in ihrem Leben gewesen – der Auftakt zu einer ganz besonderen Zeit.

Damals war sie, von Osten kommend, die südliche Mittelmeerküste entlanggereist. Sie hatte im Anschluß einige Zeit in Nordafrika verbracht, ehe sie schließlich von dort in die Tiefen des Kontinents aufgebrochen war. Wie eine Prinzessin hatte sie sich gefühlt in dieser Welt. Eine Prinzessin, eine Königin. Die sie umgebenden Schönheiten, die Kaufkraft ihrer westlichen Währung, ihre Ungebundenheit hatten sie zur Herrscherin dieses Paradieses gemacht.

Von ihren Stützpunkten aus hatte sie Ausflüge in die endlose Weite der Umgebung unternommen. Damals hatte sie die Wüste lieben und fürchten gelernt. Die Farbnuancen und Lichtverhältnisse in dem Meer aus Sand hatten zu einer wahren Flut an Photographien geführt, die in einem exklusiven und überwältigend schönen Bildband erschienen waren. Das Layout des Buches stand im Widerspruch zu den Verhältnissen vor Ort, das war ihr wohl bewußt. Bildete auch einen Gegensatz zu ihrem Leben dort, das trotz allem Luxus und Genuß bescheiden gewesen war. Und das dennoch, wie so oft auf ihren Reisen, in einem himmelschreienden Unverhältnis gestanden hatte zur Lebenssituation der Menschen, denen sie begegnet war. Bei dem Gedanken brannte die Ungerechtigkeit bis heute in ihrer Brust. Das Wissen, daß sich die Verhältnisse seit damals vielerorts massiv verschlimmert hatten, machte es noch unerträglicher.

Und dann dieser Bildband. Es war wirklich zynisch. Es war immer dasselbe passiert. Mit all diesen herrlichen Gegenden, die sie bereist und photographiert hatte. Alle wurden sie inzwischen zum Wohle weniger ausgebeutet. Rücksichtsloser Umweltzerstörung unterworfen. Überall fanden sich mafiöse Strukturen in Wirtschaft und Politik.

Korruption. Manchmal gar moderne Sklaverei. Warlords. Oder die verheerende Wirkung des Tourismus. Wie viel „Wildnis", wie viel intakte Natur hatte sie verlorengehen sehen in der Spanne ihres Lebens! Wie vielen Menschen, ganzen Volksgruppen, bei denen sie zu Besuch gewesen war, die Lebensgrundlage schwinden! Sie seufzte. Es ging einfach alles den Bach runter. Und aus weiblicher Perspektive – nun, da war alles sowieso häufig noch eine Dimension schlimmer: Vergewaltigung und sexuelle Ausbeutung, die gab es viel zu oft gleich mit dazu.

Sie hatte gemacht, was sie immer getan hatte: Auf ihre Weise versucht, einen Beitrag zu leisten für den Kampf, den die Menschen vor Ort ausfochten. Denn mit dem Geld aus ihrem ach so teuren Bildband hatte sie wie üblich ein zweites Buch herausgegeben – Bilder der Alltagsrealität. Bilder, die die Abgründe und Spannungen in den Gebieten enthüllten, die sie bereist hatte: Photographien vom Kampf gegen Hunger, Analphabetismus, Bürgerkrieg und Umweltzerstörung.

Sie hatte es geschafft – auch dieses Buch war beachtet worden. Die Photos waren in Ausstellungen gezeigt und von Vortragsreihen begleitet worden. Es war ein gutes Projekt gewesen, das ihr eine gewisse Genugtuung verschafft hatte. Zumindest solange sie sich in Europa befand. Es war ihr gelungen, Gelder zu akquirieren, die Betroffenheit der Menschen in Spenden umzuwandeln. Dank ihrer Kenntnisse und Verbindungen hatte sie mit ihrem Wort einstehen können, daß das Geld direkt in den verschiedenen Projekten vor Ort ankam. Das hatte die Menschen im reichen Europa spendabel gemacht. Dennoch war es ihr, zurück auf dem anderen Kontinent, wie ein erbärmlicher Tropfen auf den heißen Stein erschienen. Zu unermeßlich war der Bedarf. Zu offensichtlich, wie anders diese Gegenden würden erblühen können, wäre Geld an den richtigen Stellen vorhanden. Hätten sie je die Chance einer fairen und freien Entwicklung gehabt, statt die geplünderten Rohstoffkammern der Industrienationen zu sein.

Sie hatte eine zweite Reise unternommen und den befreundeten Initiativen das Geld gebracht – kleinen Aufklärungs- und Alphabetisierungsprogrammen, Umwelt- und Frauenprojekten. Besonders den Frauen. Denn das war die Wahrheit, die sie tausendfach bestätigt gefunden hatte: Stärke und unterstütze die Frauen, und du erreichst das Herz, die Seele eines Landes. Frauen bearbeiteten das Land und suchten Wasser, zogen die Kinder auf und bildeten das Rückgrat der Familien. Frauen waren – wie überall – der Dreh- und Angelpunkt des Lebens. Auch ihres Lebens.

Sie hatte damals eine ständige, heimliche Begleiterin gefunden, eine Führerin, ohne deren Kenntnis und Kontakte sie diese Reisen nie so hätte durchführen können. Jamina. Diese war nicht kontinuierlich in persona bei ihr gewesen – zu sehr fürchtete sie die Repression auf eine so augenscheinlich tiefe Verbindung. Doch ihre Begleitschreiben hatten ihr so manche Tür geöffnet, ihre Briefe sie vielerorts erwartet. Auch war sie ihr immer wieder nachgereist. Schließlich hatte Jamina – mit ihrer finanziellen und logistischen Unterstützung – ein frauenpolitisches Forschungsprojekt in die Wege leiten können, das es ihr ermöglicht hatte, weite Teile der zweiten Reise mit ihr zu machen.

Es waren erschreckende, aufwühlende Reisen gewesen – tiefer und tiefer hinein in die Abgründe dieses Kontinents, in seine Geschichte und Gegenwart. Die Reisen hatten sie die Wahrheiten des zähen Überlebenskampfes in einer ungeahnten Dimension miterleben lassen. Doch ohne Jamina wären ihr die Menschen, die Sitten und Gebräuche der ihr unbekannten Kulturen weniger heimisch geworden. Das Netzwerk der Frauen mit seiner allumfassenden Spannkraft nur ansatzweise erkennbar gewesen. So aber empfingen sie viele nicht als Fremde, sondern als eine der ihren. Der Freundin Hilfe wirkte Wunder für sie, die europäische, weiße Außenstehende. Die Begegnungen, die Menschen waren ein Geschenk auf diesen Reisen.

Sie war dankbar für die Einblicke, die sie hatte nehmen dürfen. Sie hatte viel gelernt in dieser Zeit. Doch das Überwältigendste in all dem Neuen, Berauschenden, Schmerzenden war das Zusammentreffen mit diesem Wunder an Frau gewesen: Jamina. Der Ring an ihrem Finger – schwer und reich verziert, ihr Blickfang bei Denkpausen im Schreibfluß – zeugte bis heute von der Tiefe und Macht ihrer Begegnung.

Jamina hatte sie bedingungslos zu ihrer Geliebten gemacht. Bedingungslos und absolut. Sie selbst war ja nur eine Reisende gewesen, eine Besucherin. Losgelöst von den heimischen Kulturen und gesellschaftlichen Konventionen. Ihre Geliebte jedoch hatte so viel mehr zu verlieren gehabt. Jamina hatte sich wie auf Samtpfoten um den Abgrund bewegt, hatte die Regeln des Systems für sich genutzt und den Bräuchen so ihren Freiraum abgerungen. Wäre man ihnen auf die Schliche gekommen – der Gedanke an die Folgen jagte ihr bis heute einen Schauer über den Rücken. Schon der Verdacht allein war so zerstörerisch für das Leben und die Arbeit der Geliebten, daß sie, die Reisende, es nicht gewagt hatte, diesen Gedanken wirklich zu Ende zu denken. Statt dessen hatte sie sich ebenfalls in das Regelwerk der Konventionen geworfen, und gemeinsam war eine Scheinexistenz in perfider Perfektion entstanden: Jamina hatte für sie eine Ehe und einen wartenden Ehemann in Europa erfunden und propagiert, den sie nie gehabt hatte. Für alle war sie die reisende Ehefrau eines Professors für Ethnologie, eines Kenners des afrikanischen Kontinents, für dessen Werke sie nun die photographische Untermalung besorgte. Der Mann gleichen Namens war in Wirklichkeit ihr Onkel und tatsächlich bekannt für seine herausragenden Werke, wenn diese auch als etwas veraltet angesehen werden konnten.

Noch nie in ihrem Leben hatte sie so als Abklatsch eines Mannes gegolten, war ihre Arbeit so zum Beiwerk verkommen. Es hatte eine Weile gedauert, bis sie die weitreichende Bedeutung der neuen Existenz, die sie angenommen hatte, begriff. Als verheiratete Frau, als das Anhängsel, das sie somit darstellte, verlor sie schlagartig das Interesse der Männerwelt und erlangte den Freiraum einer Freundin des Hauses. Noch entscheidender jedoch war, daß sie einen eindeutig heterosexuellen Status erhielt, der der einzige Garant für Jaminas Sicherheit, wie auch ihre eigene, war. Mit dem Schein dieser Koexistenz war ihnen eine Freiheit in den Schoß gefallen, die ihnen ein in seinen Einschränkungen freies Zusammensein ermöglichte.

Wie Jamina in ihren sonstigen Beziehungen diese Sicherheit erlangte, war ihr bis heute nicht ganz klar. Überhaupt hatte es eine ganze Weile gedauert, bis sie zumindest einige Umstände ihres Lebens zu durchschauen vermochte. Jamina war die Witwe eines reichen Kaufmanns. Im üblichen jungen Alter von ihren Eltern an den betagten Mann verheiratet, war er zu ihrer heimlichen Freude schon nach einigen Jahren verstorben. Obwohl es durchaus vorkam, daß insbesondere junge Witwen noch einmal heirateten, hatte sie noch an seinem Totenbett einen heiligen Eid geschworen, „aus Liebe und Treue“ zu ihrem Ehemann nicht wieder heiraten zu wollen. So erlangte sie als Witwe Zeit ihres Lebens die Freiheit für ein unabhängiges Dasein unter Frauen.

Das war der Teil der Geschichte, den sie der jungen Frau im Café vorenthalten hatte. Doch jetzt, da sie allein war, kehrten ihre Gedanken genüßlich zurück: Erst unter gesellschaftlichen Vorwänden, schließlich offen hatten sie ihre gegenseitige Nähe gesucht. In Jaminas Umfeld wurde ihre Doppelerscheinung schnell als Selbstverständlichkeit hingenommen; wann immer möglich, verbrachten sie Zeit zusammen. Es dauerte nicht lange – eine Ewigkeit nur –, und bald schlug ihre Faszination über ihnen zusammen, und ihre Körper fanden sich ähnlich inniglich wie ihre Seelen. Es war wie ein Ausflug ins Paradies.

Schließlich war es Zeit geworden, ihre Reise wieder aufzunehmen. Von da an lag es nicht mehr an ihr, den Rhythmus und die Dauer ihres Beisammenseins zu bestimmen. Jamina kam und ging auf der Route ihrer Reise ein und aus. Sie war sich nicht einmal immer sicher, nach welcher Logik, nach welchen Gegebenheiten ihre Geliebte entschied. Doch sie fügte sich. Mit der gleichen Absolutheit, mit der Jamina ihr Beisammensein eingeleitet hatte, entschied sie auch nun. Sie gestand es der Geliebten gerne zu: Sie bewegte sich in deren Zusammenhängen, lebte von ihren Hinweisen und Kenntnissen. Sie fühlte sich auf diesem Kontinent, auf dieser Reise sowieso wie in einem Traum. Und so, wie man einen Traum nicht beeinflussen kann, erschien es ihr auch einleuchtend, diesen Rausch der Sinne, in den Jamina sie entführte, nicht lenken zu können.

Als sie zurückkam, um die gesammelten Gelder den Projekten zu übergeben, trafen sie sich schließlich zum letzten Mal. Jamina lud sie zu sich ein und meldete sich krank bei aller Welt. Es war ein letztes, ungestörtes Fest der Zweisamkeit; die Krönung und der Abschluß ihrer Liebe. Als Jamina schließlich signalisierte, es sei Zeit zu gehen, akzeptierte sie den Abschied wie ein Naturgesetz. Es kam ihr nicht in den Sinn, den Worten der Geliebten zu widersprechen. Hätte Jamina gesagt: „Bleib", so wäre sie geblieben. Als diese sagte: „Geh", da wußte sie, es war an der Zeit zu gehen. Auch Jamina hatte ihre Arbeit, ihre Verpflichtungen, die sie nicht endlos aussetzen konnte. Man brauchte sie. Ihr Land brauchte sie. Seine Menschen. So war Jamina nicht nur die Herrscherin dieses Landes für sie gewesen, sondern auch dieser Zeit ihres Lebens.

Sie schrieben sich keine Briefe. Es war die einzige Liebe in ihrem Leben, der kein Briefwechsel folgte. Doch zu jedem Jahreswechsel ihrer letzten Liebesnacht erhielt sie ein Päckchen: eine Wüstenblume, Geschmeide, ein Gedicht – Jamina war in Gedanken bei ihr. Sie selbst hatte die Nacht der Mondfinsternis gewählt, die sie Körper an Körper im eisigen, berauschenden Wüstenwind genossen hatten. Sie sammelte Perlen von jedem Land, in dem sie sich aufhielt, und flocht sie zu Ketten – Erinnerungen, Reiseerzählungen, Photographien für die Geliebte.

Sie hatten sich nie mehr gesehen und würden sich auch nicht wiedersehen: Jamina war tot. Für eine erneute Begegnung war es zu spät. Sie hatte es gewußt. Gespürt. Sie war eines Morgens erwacht und hatte gewußt: Irgend etwas war geschehen. Irgend etwas war schiefgegangen.

Einige Zeit später erreichte sie ein Brief von Jaminas engster Vertrauten. Sie erzählte ihr vom Tod der einstigen Geliebten. Jamina hatte sich zu weit vorgewagt. Ihr letztes Projekt war zu offensichtlich, zu eindeutig gewesen, ihr Wirken im Hintergrund war zu Ende. Vielleicht hatte es nicht gutgehen können, vielleicht konnte eine Frau nicht ewig nach ihren eigenen Gesetzen leben in einem solchen Land – auch nicht im Halbverborgenen. Dennoch, Jamina, die Kätzin, schien so lange unverwundbar zu sein, so sehr Herrin ihres Spiels mit Konventionen und eine solche Meisterin im Schaffen von Freiräumen, privat wie politisch.

Als hätte Jamina geahnt, wie die Fäden sich enger zogen um sie, hatte sie einen letzten, einen einzigen Brief an sie geschrieben. Abschied. Liebe. Trauer. Schmerz. Sie hatten sie erstochen, am hellichten Tag. Kämpferin der Frauen, Rechtlosen, ihrer Würde Beraubten. Hure, Hexe, Ketzerin.

Sie hatte den afrikanischen Kontinent nie wieder betreten.

Die alte Frau schüttelte irritiert den Kopf. Warum kam ihr nur diese Geschichte wieder in den Sinn? Sicher, sie war auf Reisen, hatte Zeit für Beschaulichkeit. Dennoch verwirrte es sie. Es war doch unheimlich, ständig Teile des eigenen Lebens so bruchstückhaft vorbeiziehen zu sehen. Es erinnerte sie an den Tod. Man sagte ja, im Moment des Todes würde das gesamte Leben noch einmal gerafft an einem vorbeiziehen. So kam ihr das jetzt auch vor. Dabei wollte sie doch für ihren letzten Lebensabschnitt die Weichen stellen, wollte noch einmal leben! Jetzt, wo sie sich endlich gefangen hatte nach Aikes Tod. Nachdem sie wieder Mut gefunden hatte und ihre innere Ruhe (und diese fürchterliche Müdigkeit) dem Nicht-bleiben-Können die Vorherrschaft abzuringen begann – da sollte der Tod sie rufen?

Nein, er rief sie ja noch gar nicht. Sie saß schließlich ganz fidel in der Metro. Aber dieses Sich-Verlieren in Erinnerungen und Aufplatzen von Geschichten, das war ihr trotzdem nicht geheuer.

Vielleicht war es ja eine Art Hilfe zur erneuten Bewußtwerdung, was ihren Lebensweg ausgemacht hatte. Eine Entscheidungshilfe für diese Alterssitzgeschichte. Es blieb die Frage, was ihr die Vergangenheit sagen wollte: War es ein Anklingen der Unruhe in ihrem Leben, eine Aufforderung, sich diesem Treibenlassen im Leben noch ein letztes Mal hinzugeben? Oder war es vielmehr eine Mahnung, sich bewußt zu werden, wie sie ihr Leben auslaufen lassen wollte?

Sicher, sie hatte sich immer wieder entschieden im Leben, aber manchmal kam es ihr dennoch vor, als gäbe es zwei sich widerstreitende Prinzipien: die Möglichkeit des Planens und Hinarbeitens auf ein Ziel – und die Strömungen des Lebens, die einen trieben und stranden ließen an phantastischen Orten. Manchmal gingen ja auch beide Hand in Hand, und das waren die angenehmsten und erfolgreichsten Momente in ihrem Leben gewesen. Dann wieder schien alles gegeneinander zu fließen, und es war, als halte man hundert (oder auch nur zwei) Fäden in der

Hand. Wählte man den rechten, bog der Lebensweg nach rechts ab, entschied man sich für den linken, nahm das Leben einen gänzlich anderen Verlauf. Sie seufzte. In jungen Jahren war ihr diese Erkenntnis wie ein Freiheitsrausch erschienen: Man hielt das eigene Leben selbst in der Hand. Gleichzeitig machte diese Freiheit der Entscheidung – wohlgemerkt ein Privileg, das nicht allen Menschen offenstand – auch schwindlig.

Nichtsdestotrotz war es ihr suspekt, all diese alten Geschichten aus dem Nichts aufsteigen zu sehen. Noch dazu, da ihr die Bilder der Vergangenheit so leuchtend und bunt wie die Gegenwart vor Augen standen. Sie schüttelte abwehrend den Kopf. Wie um ihre Gedankenwelt zu bannen, heftete sie den Blick auf die vorbeiziehenden Straßenzüge, suchte Halt an Autos, Menschen, Bäumen.

Es war kein unbekanntes Phänomen, daß ihre Innenwelt so greifbar sein konnte. Ihre Imagination hatte bisweilen eine ähnliche Plastizität gehabt wie das Leben um sie herum. Schon als Kind war sie der Zweischneidigkeit ihrer Phantasie begegnet. Wie oft hatte sie erlebt, daß die Wirklichkeit hinter den eigenen Bildern zurückblieb! Träume, aus denen es kaum ein Erwachen gab, Phantasiespiele, Welten, die man sich erschuf – wo waren Grenzen? Gab es Grenzen? Was, wenn man nicht zurückkehrte? Sie erinnerte sich noch gut an ihre als Kind verspürte Furcht, sie könne sich in den Irrungen und Wirrungen des eigenen Geistes verlaufen und dort möglicherweise – einer Insel der Seligen gleich – die Lust am Rückweg aufgeben. Es war eine tiefsitzende Angst gewesen. Verwandt mit der vor dem Verrücktwerden, bei dem es keine Unterscheidung mehr gibt zwischen Innen- und Außenwelt.

Sie hatte begriffen, daß ihre Imaginationskraft eine Gabe war, die sie kontrollieren lernen mußte, wollte sie nicht von ihr beherrscht werden. Damals hatte sie begonnen zu schreiben. Schreiben war ihr Weg gewesen, die Macht der

Bilder zu zähmen und sie in eine geordnete Bahn zu lenken. Ihnen Raum zu geben, ohne Gefahr zu laufen, sich in ihnen zu verlieren.

Natürlich war ihre Phantasie nicht ein Ort des Schrekkens per se gewesen – nicht im mindesten! Sie verdankte ihrer Imaginationsfähigkeit nicht nur dem inneren Reichtum, der Grundlage ihres Schriftstellerinnentums war. Auch hatte sie in Zeiten, in denen die Realität zu zerstörerisch, zu unaushaltbar war, hier eine verläßliche Oase gefunden, einen Ort, der Schutz und Rückhalt bot. Gedankenlandschaften, Innenwelten – sie waren ihr privates Paradies.

Ja, sie hatte gelernt, dieses Gestein in sich zu behauen, sich zur Herrscherin über diese Gabe aufgeschwungen. Seither war der Akt des Schreibens fester Bestandteil ihres Lebens. Stift und Papier waren zu ihren ständigen Begleitern geworden. Die Furcht war verblichen, Kenntnis ihrer selbst hatte seit langem die Oberhand gewonnen.

Dennoch: In Momenten wie diesen, in denen sich ihre eigene Innenwelt wieder ungefragt Bahn brach, kehrte auch die Angst zurück. Was, wenn sie sich eines Tages doch darin verlor? Nicht wieder aus ihrer eigenen Welt zurückkehrte?

Vielleicht war es tatsächlich eine innere Insel der Seligen. Vielleicht waren „ver-rückte“ Menschen bisweilen sehr glücklich in ihrer privaten Welt. Sie vermochte es nicht zu sagen. Gesellschaft und Medizin schienen das nicht so zu sehen. Wegsperren, ausgrenzen, pathologisieren war alles, was ihnen einfiel.

In manchen der von ihr bereisten, sogenannten „ursprünglicheren“ Gesellschaften gab es bis heute Spuren der traditionellen Rolle des „Ver-rückten“, der sich außerhalb der realen, bekannten Welt bewegte und nicht selten in Verbindung mit dem Göttlichen stand. Ihr gefiel diese Sichtweise. Schließlich: Was war schon „normal“? Wer hatte ein Recht auf diese Definitionsmacht? Die Geschichte offenbarte, daß es zu den verschiedenen Zeiten, selbst in den gleichen Kulturkreisen, sehr unterschiedliche Definitionen gegeben hatte, was gesellschaftlich akzeptiert wurde und was nicht. Glück und Pech des Geburtszeitpunktes. Das hatte sie oft genug im Leben am eigenen Leib zu spüren bekommen. Ja, gerade das Geschlecht der Frauen konnte hiervon weiß Gott ein (Leidens-)Lied singen.

Die alte Frau sah auf. Wie war sie denn nun schon wieder an diesem gedanklichen Punkt gestrandet? Himmel! Sie hatte doch nur einen Flohmarkt besuchen wollen! Jamina, dieses verflixte Aufblitzen von Erinnerungen, ihre alte Angst vor dem Sich-Verlieren – wußte der Teufel, woran sie noch alles gedacht haben mochte! Gut, daß sie nicht Auto fuhr. Sie wäre bestimmt schon am nächsten Baum gelandet. Häusereck, verbesserte sie sich in Gedanken – so viele Bäume gab es nicht in den Straßen von Paris.

Sie sah aus dem Fenster. Ob sie wohl lange abgedriftet war? Wo war sie überhaupt? Ob die Station schon vorüber war, an der sie aussteigen wollte? Wie lange saß sie hier schon? Wie hieß die Haltestelle noch gleich? Sie hatte sie doch extra auf dem Stadtplan angekreuzt. Hier, und sie war – ja, wo eigentlich? Ah, da kam ja eine Station. Warum fand die sich nicht auf ihrem Plan? Mit wachsender Verzweiflung fuhr sie mit dem Finger die Route der Metrolinie entlang. Das konnte doch nicht wahr sein. Sie mußte doch zu finden sein! – Du liebe Güte! Entsetzt starrte sie auf den Stadtplan. Sie war ja fast auf der entgegengesetzten Seite von Paris!

Wie hatte das nur passieren können? Tränen traten ihr in die Augen. Sie fühlte Panik in sich aufsteigen. Scham. Gut, daß niemand ihre Gedanken lesen konnte. So war das also, wenn man langsam so *richtig* alt wurde. Sie fühlte sich gedemütigt. Nicht, daß es eigentlich schlimm war. Sie hatte ja Zeit. Nein, hatte sie nicht! Um vier Uhr war sie doch im Jardin du Luxembourg verabredet!

An der nächsten Station stieg sie aus und ließ sich schwer auf eine Bank fallen. Sie fühlte sich nicht sonderlich Herrin der Lage. Weltenbummlerin, unabhängig, frei – alt und zerschlagen war sie. Paris hatte sie erobern wollen – verlorengegangen war sie. Sie schüttelte voll Befremden den Kopf über sich selbst. Schwankte zwischen Lachen und Weinen. Eigentlich war es ja schon fast komisch. Wenn sie sich nur nicht so erbärmlich fühlen würde.

Nun fing es an. Demnächst würden sie sie irgendwo finden, wie sie wirres Zeug brabbelte. Denken, daß sie ihren Wohnsitz vergessen hatte – denn sie hatte ja keinen, den sie hätte angeben können – und sie in ein Altersheim stecken. Am besten noch hier in Frankreich, wo kein Mensch sie verstand. Und dann … Dann war alles aus. Man würde sie entmündigen und verwahren, für den Rest ihres Lebens einsperren. Keine Verwandten. Unerreichbar für ihre Freunde. Denn es wußte ja niemand, wo sie war. Außer Charlotte. Und der kleinen Kunststudentin. Apropos, die Kunststudentin! Sie mußte sich beeilen, wenn sie nicht zu spät kommen wollte zu ihrem Rendezvous. Rendezvous? Was dachte sie sich nur jetzt schon wieder zusammen?

Ärgerlich stand sie auf. Jetzt war Schluß mit diesem ganzen Gedankenwahn! Als hätte der heute nicht schon genug Unheil angerichtet! Also: Immer schön langsam, ermahnte sie sich selbst. Ein Schritt nach dem anderen. Erst einmal in die richtige Metro. Wieder rein in die Stadt – und weg aus dieser elenden Peripherie! Und dann in ein Café im Jardin du Luxembourg.

9

Als sie in der richtigen Metro zurück in die Innenstadt saß, fühlte sie sich besser. Schließlich mußte sie doch laut lachen über sich selbst (was ihr die irritiert-skeptischen Blikke ihrer Mitreisenden einbrachte). Vermutlich würde sie sich an solche Eskapaden gewöhnen müssen, da fing sie besser gleich damit an und nahm es mit Humor. Richtig wohl war ihr trotzdem erst wieder, als sie die Metro verließ und sich auf bekanntem Terrain befand.

Sie bog in die Rue de l'Odéon ein. Die Anspannung in ihrem Körper ließ merklich nach. Sie liebte diese Straße. Das Wiedersehen half, das Entsetzen und die Scham hinter sich zu lassen.

Die Schriftstellerin und Mäzenin Bryher hatte die Rue de l'Odéon einmal als eine der schönsten Straßen der Welt bezeichnet. Natürlich war das nicht auf ihr Äußeres bezogen – auf den ersten Blick war der Straßenzug eher gewöhnlich. Und doch war noch immer eine besondere Atmosphäre als Nachhall zu spüren.

Liebevoll ließ die alte Frau ihren Blick die verlebten Häuser entlanggleiten, blieb an den Einfahrten und Verzierungen hängen. Wenn sie leicht die Augen zusammenkniff – ihre zunehmende Augenschwäche arbeitete ihr hier wunderbar zu –, gelang es ihr beinahe, statt des altertümlichen Antiquitätenladens den Buchladen La Maison des Amis des Livres von Adrienne Monnier vor sich zu sehen mit seinen Auslagen voll herrlicher Schätze. Dann wäre hier, fast gegenüber, Shakespeare and Company gewesen und ungefähr dort mußte die Wohnung … Ein betagtes Paar schob sich in ihr Blickfeld und ließ die Bilder zerplatzen. Erst ärgerlich, dann belustigt musterte sie die beiden. Er mit einer nackten Geige unter dem Arm, sie ein wenig mürrisch. Der Blick wurde mißtrauisch, als die Frau ihre Kamera sah, klack, ein Photo, dann waren die beiden vorbei.

Sie ließ sich ein wenig zurückfallen und wartete, daß sie die Straße wieder für sich hatte. Ja, es war schon eine ganz besondere Ecke von Paris – so voll vom vergangenen Leben großer Frauen. Djuna Barnes, Colette, Gertrude Stein, Alice B. Toklas, Nancy Cunard und all die anderen faszinierend-schillernden Frauen der Left Bank waren in den beiden Buchläden verkehrt. Gisèle Freund, Man Ray und Berenice Abbott hatten hier ihre Photographien ausgestellt. Hemingway und viele andere Schriftsteller hatten sich bei Adrienne Monnier und Sylvia Beach mit Kontakten, Unterstützung und Büchern eingedeckt. James Joyce verdankte ihnen die Veröffentlichung seines *Ulysses* – auch wenn er sich, kaum zu Ruhm und Geld gekommen, wenig ruhmreich von ihnen distanziert hatte. Ihre Buchläden waren ein von Frauen geschaffenes, kulturelles, avantgardistisches Zentrum Europas gewesen.

Hach, was mußte das für eine Zeit gewesen sein! Paris, Berlin und London – die geistigen Zentren waren voll gewesen von phantastischen Frauen, die sie zutiefst verehrte. Und in Paris lasen sich die Namen wie ein einziges „Wer mit wem“ der faszinierendsten Köpfe (und Körper). Weiblich, bezaubernd, genial. Wie gerne hätte sie diese Zeit geteilt, wäre sie damals in Paris gewesen! Sie seufzte. Dafür war sie eindeutig zu spät geboren. Sie selbst hatte noch in den Windeln gelegen, als die Frauen von der Left Bank sich jenes Paris bereits geschaffen hatten, dessen Glanz sie gerade nachspürte.

Der eigentliche Ursprung ihrer tiefen Faszination für diese Frauen, für diese Zeit war die Tatsache, daß sie etwas gelebt hatten, das so selten existierte: Sie hatten es geschafft, sich ihren gesellschaftlichen Raum zu nehmen, zu gestalten und ganz mit ihrer eigenen Art zu füllen. Vielleicht war es nur möglich gewesen, weil der Erste Weltkrieg die männliche Hegemonie partiell außer Kraft gesetzt hatte. Wie auch immer: Sie hatten zugegriffen. Und sich eine Welt geschaffen, die von Literatur, Kunst und weiblichen Netzwerken geprägt war. Einen Raum, der es ihnen ermöglichte, sich selbst zu verwirklichen: ihre Kunst, ihre Vorstellungen, ihre Lieben. Ihre frauenbezogenen, frauenliebenden Leben. Es war so selten, daß es einen solchen Freiraum in der Geschichte gegeben hatte! Viel zu selten, daß Frauen ihre jeweilige Art frei und nach ihren eigenen Maßstäben in einer gesellschaftlichen Dimension leben konnten. Wie gerne hätte sie eine solche Tiefe an struktureller Freiheit kennengelernt! Die Chance gehabt, solch einen weiblichen Kosmos zu teilen.

Die Gedenktafel an einem der Häuser riß sie aus ihren Gedanken: Ah, da war sie ja. Mit großer Genugtuung hatte sie ihrem Reiseführer entnommen, daß sich inzwischen eine Tafel an dem Haus befand. Doch wie mickrig und nichtssagend sie war! Das sollte die ganze Erinnerung an ihre Heldinnen sein? Jeder Verweis auf ihre künstlerische Bedeutung, auf ihren Zirkel fehlte. Dabei konnte man die beiden Buchläden zu Recht als die Geburtsstätten zahlreicher Strömungen der literarischen Moderne bezeichnen!

Wut wallte in ihr auf. Es war zum Auswachsen. Der Gesellschaft – Männern – schien ein Zacken aus der Krone zu brechen, wenn sie die Lebenswerke von Frauen angemessen würdigten. Es war erbärmlich. Wie unsicher mußten sich Männer doch insgeheim fühlen, daß sie so unfähig waren, Können objektiv anzuerkennen! Sie schienen sich für den Nabel der Welt zu halten, neben dem es nichts anderes geben konnte. Aber das waren sie schlicht und ergreifend nicht und das mußte selbst ihnen bewußt sein. Also mußte es einen anderen Grund geben, daß sie das Trugbild ihrer angeblichen Größe und Überlegenheit so permanent und ausschließlich und eifersüchtig entwarfen.

Das Bild ihres Patensohns kreuzte ihre Gedanken. Sie sah ihn als kleinen, dreijährigen Steppke vor sich stehen. Damals hatte die Schwangerschaft einer Freundin der Familie ihn in rege Faszination gestürzt: Er spielte Schwangersein mit großer Begeisterung. Doch dann war ihm bewußt geworden, daß er ein Junge und seine Mutter eine Frau war. Und ihm somit die Freuden der Mutterschaft unweigerlich verwehrt bleiben würden. Ihn hatte eine tiefe Enttäuschung über das eigene Geschlecht und die damit verbundene biologische Rolle erfüllt. Sie selbst war Zeugin gewesen, wie er voll Traurigkeit verkündet hatte, er habe „doch auch eine Mutter werden wollen". Vor der Entdeckung der ach so überwältigenden Männlichkeit konnte also eine Erkenntnis stehen, die zu ganz anderen psychologischen Theorien als dem viel gepredigten Männlichkeitsfanatismus führte. Und den viel beschworenen Verlustdepressionen bei den angeblich so „minderbemittelt ausgestatteten" Mädchen. Von wegen! Konnten Männer deshalb so wenig eingestehen, wie phantastisch, wie genial, wie begabt und mächtig, betörend Frauen in Wirklichkeit waren? Virginia Woolfs alte Theorie vom Bedürfnis der Männer nach weiblichen Zerrspiegeln zur Sichtbarmachung ihrer (eingebildeten) Größe hatte wohl leider noch immer nicht ihre Gültigkeit verloren.

Die alte Frau schnaubte wütend. Vielleicht sollte sie einen Essay zu diesem Thema schreiben. Wie konnte die Welt nur so blind sein! Und die, die verstanden, die sehen konnten – nun, die wurden bis heute in Nischen abgedrängt. Es war kein Zufall, daß sie selbst einige ihrer Manuskripte erst veröffentlicht bekommen hatte, als die Frauenbuchverlage im Zuge der Frauenbewegung entstanden waren.

Sie würde das nie verstehen. Daß man dauernd als eine galt, die die Welt auf den Kopf stellten wollte. Die althergebrachte Erkenntnisse, festgefügte Ordnungen über den Haufen warf. Gerade bei Menschen ihrer Generation. Nur weil man sagte, wie die Dinge sich doch in Wirklichkeit verhielten. Wie oft war sie beschimpft worden als – Emanze. Igitt. Als Feministin. Sie schmunzelte voll Zynismus. Sicher, die Zeiten hatten sich seit der Frauenbewegung verbessert. Zumindest in diesem Teil der Welt. Doch selbst hier war das Grundproblem das gleiche geblieben. Es trat nur weniger sichtbar zutage.

Ein Auto fuhr vorbei. Sie sah auf und stellte fest, daß sie immer noch vor der Gedenktafel stand. Himmel, wie lange hatte sie nur hier schon wieder gestanden? Und wo war sie wieder gelandet in ihren Gedanken! Es war doch wirklich zum Auswachsen heute! Ein Blick auf die Uhr – es war höchste Zeit, zum Jardin du Luxembourg zu gehen.

Sie setzte sich in Bewegung, ließ ihre Augen noch einmal wehmütig die Straße entlanggleiten und liebevoll auf dem alten Haus verharren. Sie seufzte tief. Es fiel ihr schwer zu gehen. So ging es ihr immer, wenn sie sich an einem geschätzten oder – schlimmer noch – an einem geliebten Ort befand. Die Abschiede konnten ähnlich tiefgehend und schmerzhaft für sie sein wie die von einem nahestehenden Menschen. Landschaften, Örtlichkeiten – sie konnten ihr Geborgenheit und ein Gefühl von Heimat vermitteln wie eine Person, die sie liebte. In gewisser Weise sogar zuverlässiger und weniger störungsanfällig. Landschaften verletzten oder verrieten nicht. Entschlossen straffte die alte Frau die Schultern und setzte ihren Weg fort. Der Jardin du Luxembourg wartete auf sie. Und das Treffen mit der Kunststudentin.

Bei dem Gedanken an die junge Frau spürte sie Nervosität in sich aufsteigen. Und ein leichtes Ziehen in der Magengegend. Es war ein Stechen, das sie lange nicht gefühlt hatte. Irritierend und verheißungsvoll. Voll von Erinnerungen an vergangene Zeiten. An Menschen, denen sie begegnet war, und an Vergnügungen, die sie lange nicht geteilt hatte. Außer mit sich selbst. Und selbst das kaum in den letzten Monaten. Insgeheim sehnte sie sich danach, einmal wieder in die Arme genommen zu werden, gehalten, aufgehoben, versunken. Den eigenen Körper prickeln zu fühlen, voll der Anspannung angesichts von Verheißungen, die in der Luft lagen. Den Bauch sich zusammenziehen zu spüren, unregelmäßig und heftig vor unausgesprochenem Verlangen, berührt zu werden. Das Blut in ihre Vulva schießen zu spüren – überhaupt zu spüren … Haut an Haut. Hände, die streichelten und durch Haare wuschelten. Brüste, die sich aufrichteten, und Augen, die sehnsuchtsvoll, flehend in den eigenen versanken, schwelgten, liebten. Wie lange war das her! Spüren, daß man lebte, und erfüllt, berauscht sein von Genießen. Überlaufen, vor Verlangen sterben, neu geboren werden – Liebe machen. Nichts sein als Fühlen und Genuß. Vergessen, daß es eine Welt gab, außerhalb, den Kopf abschalten. Den Gedanken auf Wiedersehen sagen. Im eigenen Gefühl ertrinken und im Meer der anderen. Sich auf die andere rollen, unter ihr begraben werden, ihre Brüste liebkosen, sie trinken, halten, kneten, in Verzücken versetzen. Ihren Rhythmus erspüren, ihr Zusammenziehen und Loslassen, ihr …

Sie war eine törichte alte Frau! Und doch – sie fühlte sich lebendig! So lebendig und sehnsuchtsvoll wie lange nicht mehr.

Verstohlen drückte sie den Handrücken gegen den Hügel zwischen ihren Beinen, gegen diese Pforte zum Paradies. Sie lehnte sich gegen eine Nische in der Mauer und blickte sich um. Niemand war zu sehen. Ihr Atem wurde heftiger, ihre Brüste drückten gegen den rauhen Stein. Ein Zucken,

Zusammenziehen, Aufbäumen – ihre Zähne hinterließen Abdrücke auf ihrer Hand. Entspannung durchfloß in Wellen ihren Körper. Glücklich schloß sie die Augen, und ein Lächeln ergoß sich über ihr Gesicht. Ihr alter Körper, nun erschlafft und erschöpft, war noch immer ein Quell der Glückseligkeit! Welch beruhigendes Gefühl das war. Und wie himmlisch zu erleben! Nach all den Monaten des Schmerzes und der Verzweiflung, des Kampfes um Mut und Nicht-Aufgeben war das ein eindeutiger Sieg. All den Überfällen ihrer Gedankenwirrnis zum Trotz! Sie lebte!

Etwas war geschehen. Etwas hat sich verändert. Ihr ist, als könnten es selbst die Vorübergehenden sehen. Als hätte sich ihre Art zu gehen verändert oder als trüge sie ein sichtbares Zeichen auf der Stirn. Vermutlich ist es nur das Lächeln. Man hat ein anderes Lächeln nach dem Liebemachen. Ein Lächeln, das es nur dann gibt. Tief und voll Glückseligkeit. Und sie ist glücklich. Lange hat sie sich nicht mehr so deutlich gespürt, ist sie nicht mehr so voll von sich selbst gewesen. Jetzt wird es weitergehen, jetzt fängt alles neu an. Ihr Leben ist noch lange nicht am Ende. Ihr Alter wartet noch auf sie. Träume vom Meer, von Spaziergängen im Wind, vom Bellen eines Hundes – von Möwenschreien und warmem Tee im geborgenen Heim durchlaufen sie. So würde es sein. So will sie leben, so will sie sterben.

II

Blume, ein Blatt

Wieder im Zug. Weg von Paris. Wochen später als geplant und mit Tränen, die unaufhörlich laufen. Sich weigern zu versiegen. In ihr, vor ihr steht das Bild von Léa. Léa, mit weicher Betonung auf dem a. Léa vor dem Zug, am Bahnhof. In ihren Armen, ein letztes Mal. Ihr Körper an dem ihren. Sie spürt ihre Brüste an sich gedrückt. Ihre kleinen, runden, wunderschönen Brüste. Sie umfaßt die Schultern, die schmalen, zarten Schultern, und weiß kaum, ob sie das Mädchen hält oder sich nicht vielmehr festklammert an ihr, um nicht den Boden unter den Füßen zu verlieren. Worte – was sollen jetzt noch Worte? Hohl und dumpf ist das Wort geworden.

Sie preßt ihre Hand um ihren Nacken, ihr Gesicht in das lange, rote Haar. Küßt die Strähnen, dann die Stirn. Die Ansage tönt auf Französisch, sie versteht nicht, will nichts verstehen und weiß doch zu gut, was es bedeutet. Es bedeutet, daß sie einsteigen muß. Daß sie ihren Körper lösen, daß sie aufhören muß, Léa zu umarmen. Daß sie ihr Gesicht aus dem Haar nehmen und sich beeilen muß, wenn sie noch einmal Zeit finden möchte, in ihren Augen zu versinken.

Léa reißt sie von sich, blickt sie an, küßt sie dann auf den Mund, schnell, innig, stürmisch. Schiebt sie widerstrebend die Stufen hoch. Ihre Hände tasten über das Gesicht der anderen – Léa, Léa, Léa. Die kuschelt sich hinein, birgt ihre Wange in ihrer alten, faltigen Hand. Beide beginnen zu weinen, der Schaffner pfeift. Er scheint nicht zu begreifen, was er tut. Daß er sie auseinanderreißt. Sind sie dumm gewesen? Léa scheint zu wissen, was sie denkt. Kann ihre Sprachlosigkeit lesen wie keine andere. „Du hast meine Telefonnummer." Die Tür fällt zu. Dumpf nickt sie. Léa hüpft auf und ab, winkt wie besessen. Dann verschwindet sie hinter einem Schleier von Tränen. Der Zug verläßt Paris.

Sie weiß nicht, was sie denken, was sie fühlen soll. Weiß nicht, ob es einen Sinn ergibt, was sie da tut, oder ob sie eine Dummheit begeht. Eine riesengroße Dummheit. Warum tut es so weh? Warum tut das Leben manchmal nur so weh?

Blume, zwei Blätter

Sie kommt nicht sehr weit an diesem Tag. Irgendwo auf der Strecke steigt sie aus, in einem kleinen Ort, dessen Name und Gebäude am Bahnhof ein erträgliches Städtchen versprechen. Sie nimmt sich ein Zimmer in einem einfachen Hotel und beginnt zu schreiben. Schreiben, schreiben, schreiben – ihre Gefühle in den Griff bekommen. Wieder wissen, wo sie steht. Wieder einen klaren Kopf kriegen. Ihr kommt der Gedanke, nicht nach Deutschland zu Charlotte, sondern Richtung Bretagne zu fahren und von dort auf die Kanalinseln überzusetzen. Ihr Freund Jean lebt dort. Er ist fast fünfzehn Jahre älter als sie, und sie ist jedesmal froh, wenn einer seiner Briefe sie erreicht. Man weiß ja nie.

Sie ruft ihn an. Sie ist willkommen. Sie soll kommen, seine Tochter wird sie abholen. Dort kann sie schreiben und Ruhe finden. Sie ist erleichtert. Die Landschaft wird sie trösten – Balsam für ihre Seele. Dort kann sie nachdenken und neue Pläne schmieden. Ihre Wunden lecken.

Die Nacht ist furchtbar. Léa ist in ihren Träumen. Umgibt sie mit ihrem Körper, ihren Haaren, ihrem Geruch. Sie spürt sie um sich, in sich. Wie ein Strudel reißt es sie fort … Das Erwachen schleudert sie zurück auf die Klippen der Realität. Das Bett neben ihr ist leer. Sie fühlt sich allein. Was wohl Léa macht? Malen? Ebenso verzweifelt wie sie selbst am Schreiben ist?

Blume, drei Blätter

Die Küste zu erreichen tut gut. Das Wehen des Windes ist wie eine Liebkosung. Das Schlagen der Wellen Musik. Sie genießt die kurze Überfahrt zur Insel: An der Reling stehend hält sie ihr Gesicht in das Tosen des Windes, das Toben des Meeres. Der Seegang ist nicht wirklich stark, doch heftig genug, um sich dem Kampf der Gezeiten entgegenstürzen zu können. Tropfen und Gischt benetzen ihr Gesicht, und der Wind zerzaust ihr Haar, durchweht den Mantel, durchpustet ihr Gehirn. Reinigt ihr die Seele. Kühlt den Schmerz.

Jean steht vor dem Haus, als der Wagen seiner Tochter vorfährt. Ein Gefühl von Glück, von Freundschaft durchschießt sie. Die Frage, warum sie eigentlich nicht schon bei ihrem letzten Bretagne-Aufenthalt hierhergefahren ist, streift kurz ihre Gedanken. Seine Arme sind weit geöffnet, ihr Lächeln tief. Zwei alte Menschen. Sie ist willkommen hier, das strahlt er aus. Dankbar blickt sie ihn an, prüfend: Eine ganze Weile ist es her …

Als sie sich bei einer Tasse Tee gegenübersitzen, fühlt sie sich wohl und geborgen wie ein Kind. „Du bist alt geworden, Jean."

Er lacht heiser. „Ich bin ja auch uralt. Warte, bis du mein Alter erreichst. Du wirst sehen – an irgendeinem Punkt holt es dich ein." Er schweigt kurz und fährt dann fort: „Ich habe großes Glück, daß meine Tochter nebenan wohnt.

Einmal am Tag kommt eine Krankenschwester. Ohne die beiden – ohne sie würden wir jetzt nicht hier sitzen." Er macht wieder eine Pause, sieht gedankenverloren ins Leere.

„Du liebst dieses Haus, nicht wahr?"

„Ja, es bedeutet mir viel, hier leben zu können. Ich hoffe nur, ich kann auch hier sterben. Ich will nicht in so ein fürchterliches Altersheim."

„Ach, Jean. Das mit dem Sterben, das hat doch noch Zeit, oder?"

Er erwidert nichts.

Die aufgekommene Stille beunruhigt sie. Vorsichtig fährt sie fort: „Ich kann gut verstehen, was du meinst. Daß du hier nicht weg willst. Ich selbst bin auch dabei, mir ein Zuhause am Meer zu suchen. Einen Ort, um alt zu werden. So richtig alt, meine ich."

Er schmunzelt. „Du mußt jetzt auch um die siebzig sein. Man sieht es dir nicht an. Du bist immer noch eine attraktive Frau."

„Ach komm, Jean. Ich bin auch alt."

„Es steht dir, dein Alter." Prüfend sieht er sie an: „Aber glücklich siehst du nicht aus. Was ist das für eine Traurigkeit in deinen Augen?"

„Es ist eine seltsame Geschichte, Jean. Sie ist der Grund, warum ich einen Ort brauche, an dem ich erst einmal bleiben kann. Ich brauche Ruhe, Jean. Ich muß nachdenken. Ich ... ich bin dieser Frau begegnet." Sie zögert kurz. „Dieser jungen Frau ..."

Wider Willen muß er schmunzeln. „Bist wieder ganz die Alte, wie früher, ehe du Aike kennengelernt hast, was? Und jetzt hast du ein gebrochenes Herz, du alte Schwerenöterin, und mußt diese unerfüllte Liebe verdauen." Er schüttelt den Kopf: „Was machst du dich auch an eine junge Frau ran?"

„Es ist nicht, wie du denkst. Aber ich weiß nicht, wie ich einer solchen Liebe trauen soll. Wie soll das funktionieren? Sie ist fünfundzwanzig."

„Du meinst, du hast was mit ihr gehabt?“ Sein Gesichtsausdruck verrät deutlich, daß sie nicht mehr alle Tassen im Schrank zu haben scheint.

„Schon.“

Er starrt sie an, mit einer Mischung aus Ungläubigkeit, Skepsis, auch beeindruckt, ja neidisch. „Versuchst du mir gerade zu erzählen, daß du mit einer Frau zusammen gewesen bist, die an die fünfzig Jahre jünger ist als du?“

„Ich konnte es in gewisser Weise auch kaum glauben. Ich dachte nicht, daß sie mich akzeptieren würde, alt wie ich bin. Aber sie hat's.“

Er schluckt, schaut irritiert. Anerkennung, eindeutige Bewunderung mischen sich in seinem Blick. „Nun ja, warum auch nicht. Viele alte Knacker haben junge Freundinnen. Muß man ja bloß zum Jachthafen runtergehen. Da weiß man oft auch nicht, ob's die Tochter, Enkelin oder die Geliebte ist. Wenn ich auch immer dachte, es läge am Geld, daß sich diese jungen Dinger so alte Säcke nehmen.“ Er lacht rauh.

Sie schmunzelt. „Ich auch. Wie ich schon sagte, es ist eine seltsame Geschichte. Seltsam und wunderschön ...“

Blume, vier Blätter

Sie geht viel spazieren, sitzt am Meer, trinkt Tee mit Jean und schreibt. Schreibt wie eine Besessene, eine Ertrinkende. Füllt Seite um Seite in ihrem Gedankenbuch. Sie weiß nach wie vor nicht, was sie denken soll. Sicher, mit wachsender Schreibflut wird sie ruhiger, doch Zufriedenheit kehrt trotzdem nicht in ihr ein. Die Nächte sind von Träumen durchzogen, ihre Träume schauerlich schön. Das macht es nicht leichter.

Blume, fünf Blätter

1

Also gut. Ich gehe zurück – ich gehe dorthin zurück, wo alles begann. Es war dieser Nachmittag. Dieser verteufelte Nachmittag. Ich hatte Liebe gemacht mit mir selbst. Nein, es war über mich gekommen. Ich war glücklich wie lange nicht. Ich fühlte mich lebendig, so unendlich lebendig.

Ich ging in den Jardin du Luxembourg und suchte ein nettes Café. Ich wählte einen Platz, an dem ich gut sichtbar war, damit sie mich auch finden würde. Ich war unsicher, ob sie kommen würde. Und hoffte doch auch, es würde noch ein Weilchen dauern, daß ich Zeit hätte, wieder zu mir zu kommen. Wie lange war mir das nicht mehr passiert! So ein innerer Überfall. So viel Gefühl.

Ich wollte mich erst einmal sammeln.

Dann kam sie. Kam sie tatsächlich. Ich sah sie von weitem. Ihr Haar leuchtete in der Sonne. Ich tat, als würde ich sie nicht sehen, als würde ich lesen. Ich kam mir so dumm vor. Wie töricht, all diese Gefühle. Ich kannte sie ja kaum. Außerdem konnte ich ja quasi ihre Großmutter sein! Und auch wenn ich noch rüstig bin und Jean sagt, ich sei immer noch attraktiv – es ist doch die Attraktivität einer scheußlich alten Frau.

Als sie sich setzte und *„salut“* sagte, versuchte ich, ihr Lächeln zu genießen und doch stets daran zu denken, daß ich jemand war, bei dem sie ihr Bedürfnis nach Geborgenheit oder dergleichen zu erfüllen hoffte. Eine großmütterliche Figur eben.

Sie hatte ihre Kunstbücher dabei, schlug sie jedoch nicht auf, sondern legte sie nur auf den Tisch. Sie bestellte sich einen Kaffee und sah mich an. Also schloß auch ich mein Buch. Sie fragte mich, was ich den Tag über gemacht habe, und ich erzählte ihr von meinem Mißgeschick. Sie mußte sehr darüber lachen. Es war befreiend, ihr Lachen zu hören. Es schien meine Altersangstwolken zu lichten und in den Wind zu jagen. Als ich ihr zu meinem eigenen Erstaunen von meinen ausgestandenen Ängsten erzählte, wurde sie ernst, dennoch schien der Spott nie ganz aus ihren Augen zu weichen. Sie sagte, sie habe mich gar nicht für so altersgezeichnet gehalten und ob sie mich morgen auf den Flohmarkt begleiten solle. Sie schien ein wenig über ihre eigene Courage zu erschrecken, denn sie fügte schnell hinzu, damit sie mich auch sicher dort angekommen wisse. Nun war es an mir zu schmunzeln. Etwas wie ein kleines Hochgefühl stieg in mir auf, etwas wie ein kleiner Vorgeschmack auf einen Sieg. Es war ein lange vergangenes Gefühl.

Dann wurde mir bewußt, daß ich ja Simone treffen würde am nächsten Tag – und daß genau dieses Hochgefühl war, was ich mir verboten hatte zu denken. Weil es unangebracht war. Ich sagte ihr, daß ich am nächsten Tag keine Zeit haben würde. Es schien sie zu enttäuschen. Für einen kleinen, winzigen Moment. Dann wechselte sie das Thema.

Es wurde ein phantastischer Nachmittag. Wir redeten ununterbrochen und keine las oder schrieb eine Zeile. Wir sprachen über Kunst, Paris, das Leben; sie erzählte mir von ihrer Familie und ihrer Malerei. Als es Abend wurde, wechselten wir in ein kleines Restaurant, und ich vergaß beinahe, mich bei Simone zu melden. Wir saßen Stunden bei einer Flasche Wein und gingen anschließend an der Seine spazieren. Es war schön. Als es Zeit wurde, ins Hotel zu gehen – ich kann eben doch mein Alter nicht verleugnen, irgendwann ist einfach Schluß –, wollte keine so recht, daß es vorbei war. Mir kam der rettende Gedanke: Ich würde mich bei ihr melden, wenn mein Besuch bei Simone beendet war. Ihre Malerei, die sie mir gerne zeigen wollte, war ein wunderbarer Anlaß. Also gab sie mir ihre Telefonnummer und verschwand im Dunkeln.

Ich lag noch lange wach an diesem Abend und versuchte zu verstehen, was sie wohl empfand in meiner Gegenwart. Ich dachte zurück an die Zeit, als ich selbst Studentin war. Wie sehr es mir ein Wunsch gewesen war (im Grunde genommen mein Leben lang), Frauen zu kennen, die mir als Inspiration dienen konnten. An denen man die eigenen Vorstellungen und Visionen von den Möglichkeiten des Lebens entzünden konnte. Wie ermüdend ich es gefunden hatte, mich nur an den beeindruckenden Frauen vergangener Generationen orientieren zu können – meist Künstlerinnen. Es hatte einfach zu wenige lebende Frauen in meinem Umfeld gegeben, die dafür in Frage gekommen wären. Zu wenige, die ihren ureigenen Weg gegangen sind.

Das einzige, was es im Übermaß gab, waren jene, in meinen Augen nichtssagenden, selbstherrlichen Männer gewesen, die es nicht müde wurden, sich selbst auf Podeste zu stellen und Bewunderung als Wegpfand einzufordern. Sicher, manche von ihnen waren gut – fachlich gesehen. Aber das waren längst nicht alle! Nein, es war mehr wie: Je schlechter, desto heischender. Und über eine inhaltliche Ebene hinaus, da halfen sie einem sowieso rein gar nichts.

Ein Mann kann nicht die Rolle einer Frau einnehmen für ein Mädchen auf dieser Suche.

Nein, das funktioniert nicht. Schon gar nicht in einer Gesellschaft, in der es Normalität ist, in Strukturen leben zu müssen (und diese eifrig verteidigt zu finden), die einer Frau den gleichen Entfaltungsrahmen vorenthalten, den Männer ganz selbstverständlich genießen. Und nach allem, was ich von ihr gehört hatte, klangen die Zustände in Frankreich eher verheerender denn besser. Gerade an einer Kunstfakultät. „Schöne Künste" – ich konnte mir sehr gut vorstellen, was für einen wunderbaren Nährboden das abgab.

An dieser Sehnsucht von ihr mußte es liegen, daß sie meine Nähe so genoß. Aus diesem Mangel heraus. Aus diesem existentiellen und sehr gesunden Bedürfnis. Und da ich eine Menge erlebt und bewerkstelligt habe, eignete ich mich ganz wunderbar.

Jean ruft zum Frühstück, ich bin später zurück.

2

Am nächsten Tag bin ich dann zu Simone. Es war trotz meiner Vorbehalte schön, sie wiederzusehen. Sie empfing mich in der Tür stehend, und ihre Wohnung, ihr Reich breitete sich hinter ihr aus wie ein fremdes Land. Ganz so fühlte ich mich auch, als ich eintrat. Ihre Wohnung ist, extremer als meine früher, ein Spiegel ihres Lebens, ihrer Erfahrungen. Überall finden sich Erinnerungsstücke. Steine, Federn, Statuen aus von ihr bereisten Ländern – hinter jedem Gegenstand schien sich eine Geschichte zu verbergen. Ein Moment ihres Erlebens. Zum wiederholten Mal begriff ich, daß konservierte Vergangenheit auch zuviel werden kann. Simone schlug mir mit Macht entgegen, mit jedem Luftzug schien man eine andere Komponente ihrer

Persönlichkeit zu sich zu nehmen. Einen Hauch Lieblichkeit hier, eine Prise Verführung da, ein Korn Herbheit, ein Stück Unverfügbarkeit dort.

Sie führte mich in meinen Raum, ihr Gästezimmer. Kleine Aufmerksamkeiten empfingen mich. Ich schloß für einen Moment die Tür, um mich umzuziehen (sie widmete sich dem Tee) – durchatmen. Ich riß das Fenster auf, lehnte mich dagegen. Wie gut, daß ich mir Ankommenszeit in Paris genommen hatte! Geduld. Es würde schon werden. Für weitere Gedanken war keine Zeit: Simone klopfte, ungestüm, meine Gegenwart zu genießen.

„Ich komme." Mit gemischten Gefühlen verließ ich das Zimmer, begab mich zur Küche. Sie nahm meine Hände, strahlte mich an – diese große, schöne, zornige Person. Das Alter hat auch sie getroffen, zumal sie älter ist als ich. Dennoch waren ihre Züge immer noch gleichmäßig, sie sah beinahe aus wie ein kleines Mädchen in alt. Sie hat sich auch oft so benommen in ihrem Leben. Wie ein kleines, zorniges Mädchen. Es hat mich immer ein wenig mißtrauisch ihr gegenüber sein lassen, zu oft bin ich in den Sturm ihrer verletzten Gefühle geraten. Sie wird dann schwierig und unnahbar. Auch wenn sie Wunden geschlagen bekommen hat im Leben – sie reagiert in solchen Momenten auf Situationen, die weit zurückliegen. Ihr Vater ersteht auf mit seinen Kränkungen, der verhaßte Bruder, die unzulängliche Mutter. Simone erkannte und bekämpfte sie in uns. So gesund es ist, diese Gefühle irgendwann endlich einmal fühlen zu können – wen auch immer es traf, den traf es hart. Denn da ihr Zorn gerecht war (wenn auch zwanzig, fünfzig, siebzig Jahre zu spät und gegenüber den falschen Personen), war er unbeherrscht und gewaltig.

Es war fast komisch, diese Seite ihrer Persönlichkeit so deutlich in ihre Züge eingeschrieben zu sehen. Zartheit und Zorn. Ich konnte die Spuren von beidem in ihrem Gesicht erkennen, vom Alter zu einer bizarren Mischung von

Unschuld verformt. Ihr Lächeln – groß und breit – enthüllte das Zahnfleisch und ihr künstliches Gebiß. Nicht, daß es sehr auffällig ist; sie ist mit Sicherheit immer noch strahlend genug, um Männer zu blenden. Simone hat dieses Spiel ihr Leben lang bis zur Exzession betrieben, und ich nehme an, es ist auch jetzt noch wichtig. Sie war zeitweise jene Sorte Frau, die alles stehen und liegen ließ für einen Mann, manchmal sogar die eigene Selbstachtung. Von Freundinnen ganz zu schweigen. Wie häufig in ihrer Gegenwart fragte ich mich blitzartig, warum ich mich mit ihr traf. Warum ich nicht den Faden, der uns verband, sacht auslaufen ließ, statt mich mit ihren Schrägheiten herumzuschlagen.

Ich fürchte, die Wahrheit ist, daß ich eine ungewollte Schwäche habe für solche Menschen. Ich hasse ihre Allüren, die Energie, die sie verschlingen, und werde doch nicht müde, zu mir selbst zu sagen, daß sie ja auch nett sein können. Wenn sie eben nicht gerade eine ihrer Tükken pflegen. Leider tun sie das regelmäßiger, als man sich eingestehen möchte. Ein sehr ermüdendes Spielchen. Ich glaube, wenn es in frühen Jahren zu systematisch mit einem gespielt worden ist, dann ist es schwer, sich aus einem solchen Muster zu lösen. Man empfindet es quasi als normal, daß das Leben so abläuft. Darum hasse ich ja das Wort „Normalität“ so. Es erfüllt mich mit Abneigung und Abscheu. Es wird zu oft gebraucht, um die absonderlichsten Zustände zu kaschieren.

Traurig, aber wahr, daß ich mich selbst als alte Frau noch mit solchen Menschen abkämpfe, statt sie einfach links liegen zu lassen. Na ja, es war ja auch nett bei Simone. Und da haben wir es wieder, dieses verfluchte Phänomen!

Wahr ist natürlich vor allem auch, daß es die gemeinsamen Jahre der Kindheit sind, die uns verbinden. Damals waren wir wie Schwestern. Aufeinander angewiesen und in einer unentwirrbaren Abhängigkeitsliebe verwoben. Ich weiß nicht einmal, ob wir unter anderen Umständen beste Freundinnen geworden wären. Doch ich weiß, daß ich diese Jahre ohne Simone nicht durchgestanden hätte.

Ich erinnere mich wie heute an das entsetzliche Gefühl des Ausgestoßenseins, der Fremdheit, das mir in dem kleinen Schweizer Dorf entgegenschlug. So unendlich dankbar ich Mutter im nachhinein bin, daß sie den politischen Weitblick hatte, zu ihrer Schwester in die Schweiz zu flüchten, solange ich noch jung genug war, daß wir unter jenes Aufenthaltsgesetz fielen – damals verstand ich nicht, warum wir Hamburg verlassen mußten. Ich war zu klein, als daß mir Gesetzesänderungen, die Einschränkung von Bürgerrechten, die Verfolgung Andersdenkender allzu viel gesagt hätten. Das Wort Faschismus. Natürlich versuchte sie es mir zu erklären. Aber die Gefahr, von der sie sprach, blieb abstrakt und wenig greifbar für mich. Viel deutlicher war das Gefühl von Fremdheit in der Schweiz. Das entsetzliche Heimweh nach meinen Freunden. Nach unserem Haus. Unserer Straße. Und das Gefühl, daß ich hier nicht gewollt war.

Meine Mutter hatte mir gesagt, die Menschen in der Schweiz würden eine Art von Deutsch sprechen, doch ich verstand erst einmal überhaupt nichts. Schlimmer war jedoch, daß die anderen Kinder mich auch nicht richtig verstanden. Und daß ich in die Schule kam, ehe ich ihr Schwyzerdütsch hatte lernen können. Dort wurde mein Hochdeutsch hervorgehoben. Damit war meine Rolle als Außenseiterin besiegelt. Ich gehörte nicht zu ihnen. Ich würde es auch nicht – das gaben mir die anderen Kinder deutlich zu verstehen.

Dann kam Simone. Sie war damals schon groß und überragte die meisten meiner Peiniger um einen halben Kopf. Außerdem hatte sie einen großen Bruder, den sie zwar beinahe haßte (und später verstand ich auch warum), der aber eine wirksame Verteidigungsstrategie in der Hinterhand darstellte. Für mich war Simone die Rettung. Nicht nur, daß sie mich vom ersten Tag an beschützte, sie wurde auch meine Freundin. Sie war wie ich – fremd, ihrer Heimat beraubt und anders. Denn Simone ist Jüdin.

Wir sprechen selten über die Zeit damals, Simone und ich. Höchstens über die Bande unserer Freundschaft. Alles andere, alles Politische bleibt ausgespart. Simone spricht nicht davon, weil sie, wie viele andere auch, in jenen entsetzlichen Jahren den Großteil ihrer Familie verloren hat. Ich, weil ich sie nicht quälen möchte. Und weil ich immer noch Schuld empfinde, so glimpflich diese Zeit überstanden zu haben, die so viele Freunde, so unvorstellbar viele Menschen das Leben gekostet hat. Selbst jene, die die Hölle überlebt haben.

Es hat nicht viel geholfen, daß ich, als ich älter wurde, verstand, in was für Strukturen meine Mutter sich bewegte. Wer all die Menschen waren, mit denen sie Kontakt hatte. Was es mit ihren Treffen und heimlichen Ausflügen zur nahegelegenen Grenze auf sich hatte. Daß ich so manchen Botengang für sie übernahm, in ihre Strukturen hineinwuchs.

Ein Gefühl von Schuld ist geblieben. Aber so trägt wohl jeder sein Päckchen, der diese Zeit überlebt hat.

3

Simone und ich haben Tee zusammen getrunken (meine verfrühte Ankunft in Paris wurde nicht weiter erwähnt. Ich nehme also an, es hat sie getroffen oder verletzt) und viele Erinnerungen getauscht. Für Gegenwärtiges war wenig Platz. Ich glaube, sie leidet darunter, daß sie nicht mehr so kann, wie sie möchte. Ihre Augen haben stark nachgelassen. Für ihre Arbeit, das Bücherschreiben und Illustrieren, natürlich eine Katastrophe. Ich bin mir nicht einmal sicher, ob sie noch ernsthaft an einem Projekt arbeitet. Sie hat sich sehr unklar darüber geäußert. Ich glaube, es war schwierig für sie, mich in meinem „jugendlichen Elan" zu erleben. Sie wollte auch kaum meine Menkenken und Altersblessuren zur Kenntnis nehmen. Ja, so ist Simone dann. Sie idealisiert oder bagatellisiert gerne bei anderen, was sie sich für sich selbst wünscht. Sogar mein idiotisches Metro-Erlebnis wollte sie nicht hören. Auch wenn es durch Léas Humor etwas von seiner Bedrohlichkeit verloren hatte, stimmte es mich nach wie vor nicht gerade zukunftszuversichtlich. Vielleicht ist es Simone auch selbst schon zu oft passiert.

Ja, Simone ist noch immer ein seltsames Wesen. Wie es aussieht, konzentriert sie ihre Energien und Interessen wieder auf ein dubioses Wesen Mann. Leider sogar jemand, den ich kenne. Bertram – ich hätte es vorgezogen, ihm nicht noch einmal zu begegnen in meinem Leben. Er war schon immer ein ausgesprochenes Ekelpaket in meinen Augen, all seinem wirklich bemerkenswerten optischen Charme zum Trotz. Sie macht er glücklich. Wie früher schon, fehlt mir auch heute die Selbstorientierung – unabänderliche Voraussetzung für echte Liebe, wie ich denke – und die Achtung gegenüber der eigenen Person in ihrem Werben um diesen Klotz an Egoismus und Selbstherrlichkeit.

Ich wünschte, sie hätte damals von ihrem Vater eine Behandlung erfahren, die nicht nur dem Wahnsinn ihres Bruders einen Riegel vorgeschoben, sondern ihr auch ihre verdammte Selbstachtung gelassen hätte. Vielleicht müßte sie dann diesen sinnlosen Kampf nicht bis ins fast biblische Alter ständig neu inszenieren. Ich würde sie manchmal gerne packen und schütteln, damit sie es begreift. Wenn es nur so einfach wäre! Vielleicht hätte sie einmal eine ihrer Freundinnen zur Geliebten machen sollen. Selbst wenn nichts Dauerhaftes daraus geworden wäre, hätte es ihr vielleicht geholfen zu begreifen, daß sie auch ohne einen

Mann wer ist. Und bei den Exemplaren, die sie sich sucht, sogar wesentlich mehr ohne!

Wir sprachen also über vieles, und je länger ich dort war, desto absurder erschien es mir, von meiner Begegnung mit Léa zu berichten. Ich hatte eigentlich gehofft, im Gespräch mit Simone Klarheit zu finden. Abstand zu gewinnen und meine Gefühle zu rationalisieren. Vielleicht wäre ein interessantes Gespräch über Frauen (im allgemeinen oder bezüglich Jugend und Alter) daraus erwachsen. Ich hätte gerne jemandem von der Begegnung erzählt. Denn Tatsache war, daß dieses junge Ding mich beschäftigte. Ich hätte gerne eine passende Erklärung gefunden, etwas wie „du siehst deine eigene Jugend in ihr“ oder dergleichen. Hauptsache, mein Interesse wäre entschärft und legitimiert worden.

Statt dessen wuchs ein Gefühl von Unwirklichkeit in mir. Es entsteht leider bis heute mitunter, wenn ich mich mit jemandem unterhalte und merke, ich werde überhaupt nicht verstanden. Als spräche ich unverständlichstes Kauderwelsch! Ich hasse diesen irritierten Ausdruck in den Augen, mit dem sie mich dann anschauen – als käme ich von einem anderen Stern. Dabei ist es einfach mal wieder mein Blick auf die Welt, der den Horizont eines Gegenübers übersteigt. Nur weil ihnen die Fähigkeit fehlt, außerhalb der üblichen Bahnen zu denken!

Jedenfalls ging es mir auch so mit Simone. Der Grat, auf dem ich ihr Verstehen zugetraut hatte, wurde schmaler und schmaler. Ich wußte nicht mehr, wie ich ihr klarmachen sollte, was ich für das Mädchen empfand und wie es dazu gekommen war. Ich hörte ihr Unverständnis, ihr absolutes Nichtverstehen und ihren unausgesprochenen Spott, wie ich altes Weib denken konnte, daß … ja was? Ich wußte es selbst nicht. Das war ja das Problem.

Genau deshalb wollte ich mich mit jemandem darüber unterhalten. Klarheit finden. Und nicht mein Gegenüber mühsam zu einem Verstehen bewegen, das mehr einer Überredung gleichkam! So alt bin ich geworden und scheitere bisweilen noch immer innerlich an der Engstirnigkeit dieser Welt!

Ja, sie reißt mir bis heute Kratzer in meinen Panzer. So unangenehm es ist, mir das einzugestehen. Vielleicht bekomme ich auch nur ein verfluchtes schlechtes Gewissen, der anderen ihren Scheuklappen-Altersfrieden zu zerstören. Was weiß ich. Oder es ist Selbstschutz. Was brauche ich das Gewäsch und Nichtverstehen einer alten Frau, die sich für die Mißachtung eines Mannes freiwillig degradiert?

Spaziergang ans Meer, bin zu wütend auf mich selbst

Jean hat eben sehr über mich gelacht. Auch er kennt Simone. Trotzdem ist es nicht das, was ich meine. Ich glaube, was mich so wütend auf mich selbst gemacht hat, ist, daß ich immer noch Rücksicht nehme auf Menschen wie Simone. Daß ich in solchen Momenten nicht einfach resolut und stoisch meinem Kurs folge. Zum Teufel mit ihrem Unverständnis. Oh, welch verflucht weibliches Phänomen!

Warum achte ich darauf, was Menschen ausstrahlen, und höre auf diese erahnten Befindlichkeiten? Warum lasse ich die Atmosphären gelten, die sie um sich verbreiten – und nehme Rücksicht, beuge mich? Es sind erfahrungsgemäß herausgehörte, nicht nur angenommene Befindlichkeiten. Dennoch ist es eine ärgerliche, eine lähmende Rücksichtnahme. Es bedeutet im Zweifelsfall: nicht zu leben. Nicht frei aus sich herauszugehen. Nicht zu sprudeln, sondern zu filtern. Wie jetzt bei Simone.

Ich fühle mich in Momenten wie diesen immer, als wäre ich in meine Kindheit zurückversetzt. Dann werde ich noch böser und wütender auf mich selbst. Damals war es wichtig, vorauszusehen, welche Stimmung gerade herrschte. Welches Wort das falsche sein würde, das alles zum Kippen brachte.

Sicher, später auf meinen Reisen, da war es hilfreich, sich in Gegebenheiten einfühlen zu können. Da hat es mich oft genug aus kniffligen Situationen gerettet und vor so manchem gesellschaftlichen Fauxpas bewahrt. Es ist leichter, sich auf kulturellem Fremdgelände zu bewegen, wenn man sich in Gegebenheiten hineindenken kann. Beim Schreiben und Photographieren habe ich es immer geliebt, dieses Herauskitzeln von Ungesagtem – Angedeutetes zu visualisieren, Nuancen zu positionieren.

In Situationen wie mit Simone spart es einem letztendlich Nerven. Es wäre wohl sowieso mit ihr nicht zu der Art Gespräch gekommen, auf das ich aus war. Trotzdem engt diese verfluchte Rücksichtnahme ein. Sie schafft einen Hang zur Unwirklichkeit, zum Jonglieren mit Wahrheit. Ich fühle mich dann manchmal – wie schon als Kind – wie eine Magierin: Werfe ich dieses Wort ins Gespräch, wird es schäumen, brodeln, Gefühle verätzen; wähle ich jenes, gewinne ich ein wohlschmeckendes Süppchen. Was man wohl wählt?

Ich verzichtete also vorerst darauf, Léa zu erwähnen. Simone und ich gingen spazieren, ihren gewohnten Gang an der Seine. Die Seine – war das nicht jener Fluß, an dem entlang ich am Abend zuvor an der Seite einer bezaubernden, vielleicht auch selbst bezauberten Frau in köstlichem, das Gehirn fütternden Gespräch vertieft geschlendert war? Müde war ich gewesen und hellwach zugleich. Jetzt gingen wir den Fluß entlang, den gleichen Weg, den Simone immer ging, trafen all die Leute, die sie immer traf. Ob ich auch so sein werde, in, sagen wir, fünf Jahren? Ob ich auch den einschläfernden, geruhsamen, erinnerungsschwangeren Alterswohnsitz einer verletzten, alten Frau bewohnen werde? Werden Menschen so, wenn sie seßhaft werden? Oder ist es das, was Menschen am Alter fürchten?

Jean bringt mir eben Tee. – Sag, Jean, werde ich auch so werden? Er lacht, beruhigt mich: „Nicht du!" und gibt mir einen Kuß auf den Haaransatz. „Simone war schon immer ... sie ist anders als du."

Recht hat er, der alte, senile Mann. Ich habe ihn sehr gern.

4

Warum schreibe ich eigentlich diese ganze Besuchsgeschichte auf? Ich wollte doch nur dahin zurückgehen, wo die Verwirrung um Léa begann. Den Weg zurückverfolgen und das Gefühlsknäuel entwirren. Doch die Zeit bei Simone beschäftigt mich auch.

Die Begegnung mit Simone hat mir noch einmal vor Augen geführt, was für Befürchtungen ich in bezug auf das hohe Alter in mir trage. Was ich nicht – sei es bewußt oder unbewußt – leben möchte. Das Treffen läßt mich noch deutlicher spüren, welche Wünsche und Hoffnungen ich für diese letzte Zeit auf Erden habe, die mir bleibt.

Ich möchte einen angenehmen, einen runden Abschluß. Mit Lebensbedingungen, die es mir ermöglichen, noch einmal ganz und gar nach meinem eigenen Rhythmus zu leben. Schreiben, Photographieren – meine beiden alten Lebensgefährtinnen – und eine Hündin. Ich freue mich auf den Tag, an dem diese letzte gemeinsame Unendlichkeit beginnt. Ich hoffe nur, daß ich nicht zu alt bin für einen neuen Hund. Wer übrigbleibt, wird leiden müssen.

Ich möchte endlich wieder mein eigenes Zimmer haben. Mein eigenes Bett! Welch ein Fest wird mir der Alltag sein – Tee in meiner Küche, aus meinem eigenen Becher, von meinem Herd. Raum nach meinem Geschmack. Wenn ich nachts nicht schlafen kann, werde ich mit dem Hund spazierengehen oder am geöffneten Fenster sitzen und den Möwen über der Brandung lauschen. Morgens der Gesang der Vögel und am Nachthimmel Sterne in sich überbietendem Glanz.

Ich werde ein Gästezimmer haben, und all jene Menschen, die mir über die letzten beiden Jahre so hilfreich und mit offenen Armen eine Heimat bereitet haben, werden zu mir zu Besuch kommen können. Natürlich nicht nur sie – es werden sicher auch neue Menschen hinzukommen.

Ich werde endlich wieder eine Heimat haben für mich selbst.

Gleichzeitig ist das der Punkt, an dem Panik in mir aufsteigt. An dem Simone beginnt, einen nicht zu unterschätzenden Horror auf mich auszustrahlen. In meinen Gedanken verformt sie sich zu einem großen, grauen Geier, der mit seinen mächtigen, ausgebreiteten Schwingen dasitzt und Ekel und Aasgeruch verbreitet. Sie sitzt in ihrem Nest, angefüllt mit Fleischbrocken längst verwester Kadaver, und wartet darauf, daß – ja, was? Jemand wie ich vorbeikommt, den sie an sich reißen kann in ihrer endlosen Sehnsucht, sich lebendig zu fühlen. Doch mit einem Geier tanzt man kein nettes Tänzchen – man wird geschoben und herumgerissen. Die beschränkte Sicht der altersgrauen Augen diktiert Takt und Rhythmus. Und wer sich nicht fügt, den treffen die Hiebe des schlagenden Schnabels, der reißenden Krallen.

Ich kann nur Unwillen gegenüber Menschen empfinden, die – am Ende ihres Lebens und ihrer Weisheit angelangt – alles in Stücke reißen müssen, das sich ihnen nicht fügt. Als spürten sie, wie sich ihre Zeit dem Ende neigt, ohne sich dem beugen zu wollen. „Die Welt gehört mir, denn ich habe in ihr gelebt." Und je mehr ihnen alles entgleitet, sie an ihren eigenen Grenzen zerschellen, desto unerträglicher werden sie. Sie haben nicht begriffen, daß allein Dialog und Freundschaft, Güte das Recht haben, die nachfolgenden Generationen zu begleiten. Ihre Arroganz und Selbstherrlichkeit verderben mir die Atemluft.

Und dann dieses Phänomen der Seßhaftigkeit! Wie oft hat mich das Grauen ergriffen, wenn ich in meinem Leben überaus seßhaften Menschen begegnet bin. So häufig habe ich ihre Häuser und Heimstätten als den Brutkasten von Ignoranz und Intoleranz, von Feindseligkeit gegenüber allem anderen, Fremdartigen erleben müssen. Menschen, die kaum gereist sind, wenig andere Denkweisen kennen- und liebengelernt haben, machen mir Angst. In ihnen schlummert dies unendliche Potential für geistige Blindheit.

Ich frage mich, was mich erwarten wird, wenn ich mich irgendwo niederlasse. Ich wünsche mir die freizügige Mentalität einer Großstadt und die Nachbarschaftlichkeit und Landschaft eines kleinen Nestes. Vielleicht sollte ich mir ein kleines Küstenstädtchen suchen, ein Haus am Deich. Es ist ein erschreckender Gedanke für mich, daß man dort vielleicht auf Nachbarn trifft, die einen nie ausgewählt hätten – wären sie gefragt worden. Die einen mit feindseliger Rachsucht für die Zumutung der Anwesenheit behandeln. Einen spüren lassen, daß man nicht wirklich hierhergehört, daß man nur eine Zugezogene, eine Reingschmeckte ist. Und auch immer bleiben wird. Wie in dem Schweizer Dorf meiner Kindheit (obgleich ich die Schweiz später als Erwachsene ganz anders erlebt habe). Auch Deutschland ist oft fürchterlich in dieser Hinsicht. Vielleicht sollte es ein ganz anderes Land sein.

Irland zum Beispiel wäre eine gute Wahl. Es wäre schön, dorthin zurückzukehren. Viele alte Menschen, viele Pubs, viele Hunde und viel Gemütlichkeit. Als ich dort gelebt habe, habe ich mich wirklich sehr wohl gefühlt. Ich sollte darüber nachdenken.

∽

Einen Tag Schreibpause. Es hat gut getan. Ich habe einen Ausflug mit Jean gemacht. Gott, er ist wirklich alt geworden – jenseits allen Scherzens ist es unendlich wahr. Ich glaube, er wird nicht mehr ewig zu leben haben. Lieber, alter Mann. Ich bin glücklich, noch einmal Zeit mit ihm verbringen zu dürfen. Und verstehe im nachhinein wirklich nicht, warum ich nicht schon vor Monaten aus der Bretagne den Abstecher hierher gemacht habe. So weit ist es doch gar nicht!

Ich bin froh, daß ich wenigstens jetzt hier gelandet bin. Wenn es schon nicht geplant war, so war es doch eine phantastische Fügung. Und alles nur dank meiner Begegnung mit Léa! Nein, dank meiner Abfahrt aus Paris. Es ist doch immer wieder erstaunlich, welch schöne Fügungen das Leben bisweilen aus schmerzhaften Geschehnissen zu zaubern vermag! Es hätte mir wirklich sehr gefehlt, Jean nicht noch einmal erlebt zu haben. Er ist so ein lieber, gütiger Mensch.

Jeans Gegenwart macht mir wieder Mut, daß es auch angenehme alte Menschen gibt – so richtig *alte, meine ich –, die sich ein Herz voll Offenheit und Liebe für die Welt bewahrt haben. Es macht Spaß, mit solch einem Menschen den Alltag zu teilen. Es gibt mir viel Ruhe und Trost. Geborgenheit. Frieden. Es gibt mir ein Gefühl von „hier gehöre ich hin". Nicht zu Jean und diesem Flecken Erde, aber zu Menschen dieser Altersgruppe – und Mentalität.*

Die Tage mit Jean geben mir die Zuversicht, daß es tatsächlich so etwas wie eine Ethik, eine Kultur des hohen Alters gibt. Eine Art des Zusammenlebens, bei der es Respekt vor den Gebrechlichkeiten und Eigenheiten des anderen gibt und viel Altershumor, den man miteinander teilen kann. Es ist schön, wieder mit einem alten Menschen den Tag zu teilen – die Rhythmen gleichen einander und die Sicht auf das Leben, auf die Welt. Es ist wundervoll, seinen Geschichten von der Familie und seinen Enkeln zu lauschen, die Kinder kommen zu sehen. Ich habe sie kennengelernt. Ich bin dankbar für die Aufnahme und den Frieden, den ich hier finde.

Die Zeit mit Jean ist Gedankenmaterial für meinen Traum vom passenden Alterswohnsitz. Vielleicht sollte man gemeinsam Geld in einem größeren, ebenerdigen Gebäude anlegen (oder einem Komplex von mehreren kleinen Häuschen) und die Wohneinheiten an andere alte Menschen vermieten. Ich werde meinen Freunden schreiben und sehen, wer Interesse hat. Wer noch aufbruchsbereit genug ist. Wir könnten ein Altersdorf gründen! Zusammen kann man sich dann auch Pflegepersonal leisten, wenn es nötig werden sollte. Eine wesentlich bessere Perspektive als ein Heim!

Ich bin mein Leben lang gereist, habe gekämpft, mich durchgeschlagen – ich möchte nicht fremdbestimmt sterben. Ich möchte in meinem eigenen Bett liegen, in meinem Zimmer, unter dem Fenster, und die Vögel singen hören. Ich möchte das Rauschen des Meeres zur Begleitung haben, wenn ich hinweggerufen werde und mich auf den letzten meiner Wege auf dieser Erde mache.

5

Gut, *back to* Paris.

Ich möchte nicht ungerecht gegen Simone sein. Nachdem ich mich innerlich damit abgefunden hatte, daß sie sich – wie befürchtet – zu einem jener schwer zu ertragenden alten Menschen entwickelt hat, konnte ich sie etwas versöhnlicher betrachten. Wir hatten einen netten Abend bei einigen Gläschen Portwein. Die alte Freundschaft und Vertrautheit erwachte zwischen uns. Dennoch blieb sie auf die gemeinsam erlebten Zeiten der Vergangenheit beschränkt, und wir konnten wenig Neues hinzufügen.

Unangenehmer wurde es am nächsten Nachmittag, für den sie – ohne mich zu fragen – ein halb zufälliges Zusammentreffen mit Bertram arrangiert hatte. Ich glaubte meinen Augen nicht zu trauen. Bertram, ihr geliebtes Scheusal. Auch ein Stoßgebet zum Himmel half da nichts, er stand leibhaftig vor uns. Wir mußten wohl oder übel gemeinsam Kaffee trinken. Ich war entsetzt und fragte mich wirklich, womit ich das verdient habe. Warum dieser Kelch nicht an mir hatte vorübergehen können. Mein einziger Trost war, daß er optisch nichts von seinem Charme eingebüßt hat: Sein Gesicht ist – wie eh und je – wie vom Leben selbst gemalt. Ich liebe einen solchen Anblick. Sobald er jedoch den Mund aufmachte, war es mit seinem Charme weitestgehend vorbei (auch wie eh und je).

Simone half nicht gerade meine Stimmung zu retten – ihre „weiblichen" Blödheiten und Selbsterniedrigungen waren kaum zu ertragen. Schließlich kam ihr der grandiose Einfall, mich nach meinem Liebesleben zu befragen. Den ganzen Tag kein Wort davon und dann in so einem Moment! Ich war ehrlich entrüstet. Ich sah sie an, sah das Feixen des alten Lüstlings neben ihr. Ich hielt es wirklich nicht mehr aus. Ich sagte mit unbeweglicher Miene, daß ich ihr das doch gestern schon erzählt hätte, griff nach meinem Tee und lächelte beide entschuldigend an. Simone stand ungläubig der Mund offen, Gefühle der Irritation und Verunsicherung, der Beschämung und des Nichtverstehens wechselten sich auf ihrem Gesicht ab. Sie sagte jedoch nichts, und wir wechselten das Thema.

Ich freute mich ungemein. Es war ein köstliches Gefühl. Reine, flüssige Freude, die mir den Hals entlanglief und sich in meiner Magengrube sammelte. Es mochte nicht die feine französische Art gewesen sein, doch ich war nicht mehr zu bremsen. Es folgten einige gelungene, ironisch-spöttische Seitenhiebe auf Bertram. Er bot reichlich Anlaß dazu. Es dauerte nicht lange, und er räumte das Feld. Ich war wirklich ungemein zufrieden mit mir. Als er gegangen war, gönnte ich mir einen letzten Hieb: Mit meinem unschuldigsten Lächeln stellte ich fest, daß er sich aber gar nicht geändert habe. Und sie sich auch nicht in ihrer Beziehung zu ihm. Simone errötete; ich glaube, sie verstand mich sehr wohl. Mir bereitete es jedenfalls eine ungemeine Genugtuung.

Ab da habe ich den Besuch sehr genossen. Paradoxerweise bewegte auch Simone sich: Sie schien sich aus ihrem verhärteten Panzer zu lösen. Wir hatten Spaß wie am Abend zuvor, nein, sogar mehr, lagen uns ausgelassen in den Armen und lachten viel. Ich habe sie selten so unbeschwert, ja gelöst gesehen. Ob es ihr gut getan hat, Bertram weichen zu sehen, an seiner eigenen Meßlatte des Spotts zerschellt und abgeschmettert? Ich weiß es nicht. Irgend etwas an diesem Nachmittag jedenfalls schien eine Wunde in ihr zu schließen. Als ich sie am nächsten Tag zum Abschied auf den Mund küßte, hielt sie mich fest und erwiderte meinen Kuß. Sie war zart und innig. Dann sah sie mich an: „*Merci, ma belle amie.*"

Ich lächelte sie an: „Vergiß nicht, für dich zu kämpfen, meine Große."

Ich stieg die Stufen hinunter, ließ ihre Welt hinter mir und begab mich auf den Weg – nicht auf den Weg zum Bahnhof, sondern zum Haus von Léa.

6

Ich hatte Léa am Abend zuvor angerufen. Ich war richtiggehend ängstlich gewesen. Meine uralte Befürchtung (ich stehe an einem verabredeten Ort und werde nicht abgeholt) schlug sich Bahn – tüt – vielleicht hatte sie es sich anders überlegt – tüt – vielleicht hatte sie keine Zeit – tüt – vielleicht war ihr inzwischen bewußt geworden, daß … – tüt – … hallo?

„Hallo, Léa?"

„Ja, hier ist Léa."

„Oh, hallo Léa, ich bin's, die alte Frau …"

„Ich habe schon auf deinen Anruf gewartet. Ich wußte, daß du es sein würdest."

Wellen von Hitze schossen mir bei diesen Worten in den Bauch (und in den Kopf, denn ich wußte kaum was sagen). „Ich werde morgen von hier aufbrechen und wollte hören, ob du …"

„Du verläßt morgen Paris?“

„Paris? Nein, nun, das kommt darauf an. Nein, ich werde morgen von meiner Freundin Simone aufbrechen. Ich würde dich gerne treffen – du wolltest mir deine Bilder zeigen, weißt du noch?“

„Ja, klar.“

Warum wurde ich für einen Moment immer so unsicher, wenn ich mit ihr sprach?

„Warum kommst du nicht morgen am späten Vormittag zum Brunch vorbei, und danach zeige ich dir meine Bilder?“

Ja, das klang gut.

Sie beschrieb mir den Weg, und wir verabredeten uns für elf Uhr.

Ich saß in der Bahn und spürte mein Herz. Ich wußte nicht, was mich erwartete. Studentinnenbuden lagen ein halbes Jahrhundert hinter mir. Ich hatte keinen Schlafplatz für die Nacht und war mir auch noch wenig im klaren, wo ich von Paris aus hinwollte. Mein Kopf war noch mehr als beschäftigt mit dem, was mir gerade hier widerfuhr! Überhaupt – ich wollte noch gar nicht weg. Ich fühlte mich erleichtert, den Besuch bei Simone hinter mir zu haben, aber die Stadt verlassen … Mein Abenteuer Paris hatte doch eben erst begonnen! Der Blick aus dem Fenster riß mich aus meinen Überlegungen – bloß nicht schon wieder eine Station, die ich verpaßte! Nicht das gleiche noch einmal. Ein junger Mann half mir, den Koffer aus der Bahn zu wuchten, so daß ich gerade noch rechtzeitig den Zug verlassen konnte.

Und da stand sie: Ein Baguette und eine Tüte Croissants unter dem Arm, das lange Haar offen und schillernd im Sonnenlicht, lehnte sie am Geländer. Küßchen links, rechts, links, rechts – die Leute mußten denken, sie holte ihre Großmutter von der Bahn ab.

„Ich war gerade beim Bäcker und dachte, ich treffe dich vielleicht hier."

„Welch schöne Überraschung."

Sie drückte mir die Backwaren in die Hand und griff sich meinen Koffer.

Ich ließ mich ein wenig zurückfallen und genoß das Gefühl, wieder frei und nur meinen eigenen Ideen unterworfen durch die Straßen zu schlendern. Sie lächelte mich an.

„Na, froh, wieder ein freier Mensch zu sein?"

Ich lachte nickend. Ich mochte diese Gedankenverbindung zwischen uns.

Das Haus, vor dem Léa stehenblieb, war ein altes, großes Mietshaus, wie man sie in Paris in den ärmeren Bezirken häufig findet. „So, hier sind wir." Wir gingen unendlich viele Stiegen hoch (nichts für mein Alter), bis fast unters Dach. Sie schloß die Tür auf, schob den Koffer hinein. Dann verschwand sie in der Küche und ließ mich stehen. Ich sah mich um. Sie bewohnte eine enge Zweizimmerwohnung, deren zweites Zimmer leer stand. Ihre Mitbewohnerin war vor einigen Tagen ausgezogen, und die Nachmieterin würde – wie ich später erfuhr – erst in drei bis vier Wochen einziehen. Ihr Zimmer war klein und spärlich möbliert. Auf den freien Flächen lagen und standen überall Bilder und Malutensilien. Ein leichter Geruch von Farbe hing in der Luft. Ich trat ans Fenster und sah hinaus: ein schmaler Hinterhof, umgeben von Häusern wie diesem. Wäsche hing aus den Fenstern, Haus reihte sich an Haus. Ich mußte zurückdenken an die Zeiten, in denen ich selber in Gegenden wie dieser gewohnt habe. Ich liebe die Atmosphäre von Hinterhöfen noch immer. Den ganz besonderen Charme, den sie besitzen.

Léa trat hinter mir ins Zimmer und verkündete, das Frühstück sei fertig. Als sie meinen Blick bemerkte, stellte sie sich zu mir ans Fenster.

„Manche meiner Freunde sagen, die Aussicht sei fürchterlich, aber ich mag sie. Es ist, als hätte man halb Paris vor sich.“ Ihr Arm beschrieb einen Kreis. „Das Paris der kleinen Leute.“

Ich nickte zustimmend. „Ich mag Orte wie diesen. Ist mir weit lieber als eine dieser geleckten Gegenden. Hat was Ehrlicheres. Ein bißchen wenig Grün vielleicht.“

Sie lächelte. Sie hatte meine stetige Sehnsucht nach Bäumen schon bei unserer ersten Begegnung mit ihrem liebevollen Spott bedacht. Wir wandten uns ab und gingen in die Küche.

In die Küche und ihr kleines Paradies: Ich betrat einen winzigen Balkon, gerade groß genug für einen schmalen Tisch und zwei Stühle. Das Geländer war mit Blumenkästen bedeckt, aus denen sich große, undefinierbare Stauden und andere Pflanzen ergossen. Es sah herrlich aus. Auf dem Tisch dampften Tee und Kaffee neben verschiedenen Köstlichkeiten. Sie hatte sich eindeutig viel Mühe gegeben. Ich setzte mich.

Eine Tasse Tee in der Hand, das Gesicht in die Sonne gewandt, hörte ich ihr zu, wie sie sich über etwas ereiferte (ich habe vergessen, wovon sie sprach). Ihre Bewegungen waren energisch, ein fließendes Fest ästhetischer Glieder. Mir wurde fast ein wenig seltsam zumute: Sicher, ich bin oft in meinem Leben Menschen begegnet, bin von ihnen beherbergt worden und habe mit ihnen in ihren Wohnungen gelebt. Trotzdem rührte mich die Vorstellung beinahe sonderlich an, daß ich hier nun zum Frühstück saß, bei dieser bezaubernden jungen Frau, die ich wenige Tage zuvor das erste Mal gesehen und kaum anzusprechen gewagt hatte. Wieder fielen mir meine Überlegungen ein, was sie wohl an meiner Gegenwart fand. Ich dachte an meine Großmutter-Theorie. Vermutlich war es wirklich so.

Und doch – manchmal ließ sie ihre Augen auf mir ruhen, und wenn ich sie dann ansah, senkte sie den Blick, lächelte tief. Ich war verwirrt und gebannt. Meine Theorie schien all ihre Überzeugungskraft zu verlieren.

Während ich dort auf ihrem Balkon saß, wurde mir plötzlich bewußt, wie sehr sie mich beschäftigt hatte, wie sehr sie durch meine Gedanken gestrichen war in den Tagen bei Simone. Sie war ständig in meinem Hinterkopf präsent gewesen, hatte meine Phantasie abends im Bett wie selbstverständlich mit ihrem langen, roten Haar gestreift. Die Linie, sanft und vollkommen ihren Hals hinab, der Abdruck ihrer Brüste (weich, fest und klein sahen sie aus) schienen unter meinen Blicken ein Eigenleben zu bekommen und eine unendliche, absolute Sehnsucht in meinem Körper heraufzubeschwören. Ich mußte an mich halten, nicht meine alte, faltige Hand auszustrecken und ihr Haar zu berühren, es um meine Finger zu wickeln und schließlich vielleicht gar mein Gesicht in ihm zu bergen. Ich fühlte mich wie betört.

Ich mußte mir eingestehen, ich hatte mich verliebt.

Blume, vier Blätter

Keine Zeit zu schreiben. Jean geht es schlecht. Er hat einen richtiggehenden Zusammenbruch gehabt. Der Arzt war da, er sagt, Jean habe wohl nicht mehr lange zu leben. Er spricht von wenigen Wochen. Jean selbst meint, noch werde er nicht gehen. Seine Enkelin ist schwanger. Der Geburtstermin ist in drei Wochen. Ich glaube, das ist ein sehr einschneidendes Datum für ihn. Die Geburt eines neuen Kindes in seiner Familie. Sein erstes Urenkelkind. Man sagt ja oft, daß wichtige Ereignisse alte Menschen durchhalten lassen, ihnen eine unerklärliche Energie erschließen. Vielleicht ist diese Geburt so ein Ereignis für Jean.

Wir machen Schichten und sitzen abwechselnd bei ihm. Er schläft viel, und manchmal redet er wirr. Er soll viel trinken. Der Arzt hofft, das wird seine schleichende, plötzlich galoppierende, dann wieder nicht vorhandene Verwirrung aufhalten. Alles in allem können wir nicht viel mehr tun, als bei ihm zu sein. Ich hatte erst Angst zu stören und wollte schon meine Abreise planen. Doch wie sich zeigte, ist seine Tochter sehr froh, daß ich da bin und sie entlasten kann. Auch Jean scheint an meiner Anwesenheit sehr gelegen zu sein; wenn er aufwacht und mich neben sich findet, hängt er mit seinen Augen an mir wie ein Ertrinkender. Ich lese ihm viel vor oder erzähle ihm Geschichten aus meinem Leben. Auch wenn er oft den Faden verliert, scheint es ihm Freude zu bereiten.

Ich bekomme allmählich den Eindruck, daß Jean vielleicht sogar sterben möchte. Mir kommt es vor, als habe sein Körper nur auf diesen Moment gewartet, um mit einem Mal alles fahren zu lassen. Sein Zustand wird täglich schlechter. Dennoch scheint ihn das nicht zu stören. Er wirkt viel mehr wie jemand, der weiß, daß all dies geschehen muß, und mit dem Zeitpunkt sehr zufrieden ist. Er wirkt manchmal wirklich fast zufrieden *auf mich, wie er da liegt in seinem Bett, meine Hand hält und lächelt. Er läßt sich täglich den Stand der Schwangerschaft berichten und alles, was positiv klingt und auf eine Einhaltung des Geburtstermins hindeutet, quittiert er mit einem zufriedenen Nicken. Es ist fast ein bißchen unheimlich: Es wirkt bisweilen, als verfüge er über eine genaue Kenntnis dessen, was geschehen wird. Als wisse er mehr, viel mehr als wir.*

Wenn ich abends im Bett liege, muß ich an all die Geschichten und Legenden vom Gevatter Tod denken, der kommt, um einen zu holen. Und daß es manchmal Menschen vergönnt ist, die Stunde noch ein wenig hinauszuschieben … Eben jenen, die noch eine Aufgabe zu erfüllen haben. Wie Jean, der warten möchte, bis er sein Urenkelkind sicher angekommen weiß.

Blume, drei Blätter

Wir haben inzwischen in bezug auf die Schichten einen festen Rhythmus gefunden. Auf diese Weise ist wieder so etwas wie „Normalität“ eingekehrt. Eigentlich sogar erstaunlich schnell. Natürlich wieder einmal eine Scheinnormalität – was ist schon „normal“, wenn ein Freund im Sterben liegt?

Ich nutze die Schreibpause (denn nach Schreiben ist mir noch nicht wieder zumute), um Briefe an meine Freunde zu verfassen. Ich möchte doch zu gern wissen, was sie von meiner Altersdorf-Idee halten. Vielleicht gibt es ja die eine oder den anderen Ruhelosen, die noch einen letzten Aufbruch wagen möchten. Schön wär's ja. Aber das ist derzeit nicht meine vordringlichste Sorge. Jean und Léa sind mir mehr als genug zum Tragen und Verdauen. Wie ich mich jetzt noch mit diesbezüglichen Details beschäftigen können sollte … Nein, unmöglich. Genug ist genug. Auch scheint mir meine emotionale Belastbarkeit eher dünner geworden zu sein. Jean hat recht, irgendwann holt es einen einfach ein, das Alter. Es waren aber auch eine ganze Menge Ereignisse in der letzten Zeit …

Apropos Jean: Er gibt mir wirklich Rätsel auf. In vielen Momenten des Tages ist er sehr klar, und trotzdem verstehe ich ihn immer weniger. Er wirkt mehr und mehr entrückt und wie von einer anderen Welt. Was er sagt, hat häufig den klaren Schein der Weisheit, und manchmal ist mir, als verfüge er über ein Wissen oder eine Klarsicht, die Dinge sieht, die uns verborgen sind. Seine Augen sind voll Ruhe und Güte und die einzige Sorge, die er zu kennen scheint, ist die Besorgnis um seine Enkelin und das noch ungeborene Kind. Bisher steht alles zum Besten.

Es sind noch eineinhalb Wochen bis zum Geburtstermin.

Je mehr Zeit vergeht, desto fester scheint jeder hier im Haus davon auszugehen, daß Jean um den Tag der Geburt herum von uns gehen wird. Es ist ein seltsames Phänomen, und ich frage mich fast, was geschieht, wenn er diesen Tag überlebt.

Inzwischen geht alles wieder seinen festen Gang, und in meinen freien Momenten kehrt allmählich meine Sehnsucht nach Schreiben zurück. Ich glaube, ich sollte mich hinsetzen und weitermachen.

7

Rückwirkend betrachtet muß ich zugeben, daß diese Erkenntnis sehr nahelag. Ich hatte mich verliebt. Vielleicht war es gut, daß ich mir meine Gefühle erst so spät eingestanden habe und noch dazu in einer Situation, in der ich gezwungen war, mit ihnen umzugehen. Für Flucht war es nicht gerade der günstigste Moment. Und zu meiner großen Erleichterung stellte ich fest (wie ich dort in der Sonne saß und mein Frühstück genoß), daß ich mich wohl fühlte: So absurd das Ganze sein mochte und wie unwahrscheinlich es auch war, daß diese Verliebtheit je Erfüllung fand, ich genoß die aufstrebenden und mich durchfließenden Gefühle. Zumal ich ja schon befürchtet hatte, dergleichen vielleicht nie wieder in meinem Leben zu spüren.

Wenn sie aufstand, um etwas aus der Küche zu holen, tat mein Herz einen Sprung. Wenn ihr die Haare übers Gesicht fielen und sie sie gedankenabwesend zurückschob, stockte mir der Atem. Ich beschloß, dieses Geschenk des

Lebens zu genießen und den Gedanken an Erfüllung ganz weit von mir zu schieben.

Ich weiß nicht, was Léa beschäftigt haben mag an diesem Morgen oder ob meine Zurückgezogenheit ansteckend war, jedenfalls redeten wir wenig und saßen in zufriedener Eintracht in der Sonne. Die Zeit verstrich, und ich war dankbar darum, unendlich dankbar: Je später es wurde, desto einfacher würde es sein zu begründen, daß ich Paris heute noch nicht verlassen wollte. Ich wollte nicht weg. Das stand fest.

Schließlich kehrte Leben in uns zurück, und wir nahmen unser Gespräch wieder auf, während ich das Geschirr abwusch und sie die Frühstücksutensilien wegräumte. Ihre Küche ist eng, und wir bewegten uns umeinander wie zwei Tänzerinnen, auffallend bemüht, uns nicht zu berühren. Was wäre geschehen, wovor hatten wir Angst? Ich hielt mich zu einer abgeklärten Haltung an, doch es fiel mir schwer. Ob sie etwas von meinen Gefühlswallungen wahrnahm – ich weiß es nicht. Ich kann auch kaum sagen, wie sie sich verhielt. Ich war so gefangen in meinen eigenen Gedanken, Wahrnehmungen und Wünschen.

Ja, ich vermag wirklich nicht zu sagen, was Léa bewegt haben mag an diesem Tag. Ich war wie trunken. Und ich genoß es, genoß es so unendlich. Wenn sie mir die nassen Teller aus der Hand nahm, wartete ich gebannt auf ihren Augenaufschlag und den Moment, in dem sich unsere Augen berühren würden. Darauf, daß sie aneinander vorüberglitten, eintauchten und vorbeistrichen, mein Körper dann fortfuhr in seinem eigentlichen Tun. Ich spürte die Wärme des einfallenden Lichtes auf meinem Rücken, der sich angenehm entspannte unter der wohligen Temperatur. Ich weiß noch genau, wie ich dort stand, denn ich dachte, wie elementar das Leben werden kann im Alter, wie sehr sich kleine Dinge Raum nehmen mit einem Mal. Als hätten sie nur darauf gewartet und nähmen sich ihren Raum nun mit Macht. Wie bei Jean. Dem sterbenden Jean.

Dann zeigte sie mir ihre Bilder: Ströme von Farben und Geschichten, von Formen und Fragen ergossen sich um mich. Ich fühlte mich auf einem Spaziergang in ihrer Welt und genoß das Eintauchen in den Geist eines anderen Menschen, das Kennenlernen eines anderen Denkens. Wir verloren uns viele Stunden in ihren Bildern, und sie entspann das Netz ihres Schaffens vor mir: ihre Konflikte und Kämpfe mit dem Papier, ihre Ideen und Entwürfe. Es hat mir viel Spaß gemacht. Ja, es war unglaublich schön. Ich war – ich war glücklich. So glücklich über unser Beisammensein, über das Geschenk ihrer Anwesenheit.

Allmählich wurde es dunkler im Zimmer, und auch mein Rausch begann sich hier und da zu lichten. Die Realität, die Gegebenheiten kehrten in mein Bewußtsein zurück. Ich hatte kein Zimmer für die Nacht, keine Pläne und einen unendlichen Wunsch, Paris noch nicht zu verlassen. Ich wollte mehr von ihr haben: von ihrer Gesellschaft. Was hier geschah, war zu groß und zu schön, um es einfach abzubrechen und an diesem Punkt enden zu lassen. Oder doch nicht? Was fühlte sie? Wie empfand *sie* meine Gegenwart? Wer war ich für sie – eine spinnerte alte Frau, die langsam lästig wurde? Nun, sie genoß es ja anscheinend auch – und dennoch … Kannte ich sie denn? Wußte ich, wer sie war – wie sie an mich dachte?

Nein, ich wußte nichts, und ich war eine närrische alte Frau. Altersgrau und dem Größenwahn verfallen. Etwas in mir begann, unruhig zu werden, verlangte, daß ich ging. Weg von hier. Weg von diesen absurden Gedanken und diesem Verliebtheitsgedusel.

Ich sah sie an. Sie saß neben mir und beobachtete mich mit mühsam unterdrücktem Lachen, das sich jetzt Bahn brach.

„Was ist so lustig?“

„Ach nur, wie du dagesessen bist, in deinen Gedanken verloren – wie eine alte Frau …“

„Verdammt, Léa, ich bin eine alte Frau.“ Zorn durchschoß mich für einen kurzen Moment, dann entspannte ich mich wieder. „Ich bin alt, Léa“, bekräftigte ich noch einmal. „Ich habe das Alter deiner Großmutter.“

„Ich habe keine.“

Na, großartig, nun hatte sie ja eine. Sarkasmus schnürte mir die Kehle zu und ein Gefühl von Ungerechtigkeit. „Seien wir realistisch. Ob du eine Großmutter hast oder nicht: Sie wäre in meinem Alter.“

Schweigen breitete sich aus. Und Traurigkeit. Ich spürte Traurigkeit in mir und sah sie in ihren Augen. Ich glaube, es tat uns beiden leid, daß wir uns so angefahren hatten. Ich sie.

Ich nahm ihre Hand. „Es ist nichts verkehrt am Altsein.“ Sprach ich zu ihr oder zu mir? „Es ist nur so ein unglaublicher Altersunterschied zwischen uns. Ich bin es nicht gewohnt, mit einem so jungen Menschen wie dir zusammen zu sein. Klar, da sind die Kinder meiner Freunde und deren Kinder und so. Aber das ist etwas anderes.“

Ich stand auf, ging ans Fenster. Ich spürte ihren Blick auf meinem Rücken. „An sich genieße ich mein Alter. Es ist eine sehr besondere Zeit im Leben. Die Schmerzen können etwas anstrengend sein. Aber ansonsten … Weißt du, ich habe so viel erlebt, und es gibt noch so viel mehr, das ich tun möchte. Nein, es ist nichts verkehrt am Altsein“, bekräftigte ich noch einmal.

„Ich habe nicht gesagt, daß was falsch ist am Altsein.“

Vielleicht hatte sie das nicht gesagt, aber ich hatte ihren Spott wie einen Vorwurf empfunden. Er stand zwischen uns, und ich wäre gerne alleine gewesen. Müde lehnte ich den Kopf gegen die Scheibe. Das Glas war angenehm kühl. Draußen gingen die ersten Lampen an, und ich hatte keinen Schlafplatz. Es war ein unguter Moment, um zu gehen, und doch war es mir in gewisser Weise auch gleichgültig. Es war, wie es war, und ich wollte gehen. Ich straffte die Schultern. Ja, es war Zeit.

Sie schien zu merken, was vor sich ging, stand auf und verließ das Zimmer. Ich hörte sie in der Küche. Töpfe klapperten, es klang nach Kochen. Ich blieb am Fenster stehen, suchte mich zu beruhigen. Dann ging ich zu ihr.

„Schau, Léa …"

Sie kam zu mir herüber, berührte sanft meinen Arm. „Schh … Setz dich. Ich will nicht, daß du gehst." Dann werkelte sie weiter.

„Ich muß aber gehen für heute. Ich habe keine Bleibe für die Nacht. Ich muß mich um einen Schlafplatz kümmern."

„Du kannst dir nicht meine Bilder anschauen, mir all diese Fragen stellen, dich von mir angegriffen fühlen und dann einfach verschwinden. Dir meine Bilder zu zeigen hat etwas mit Vertrauen zu tun. Unsere Gesprächsthemen auch. Ich kenn dich genauso wenig wie du mich." Pause. „Warum vertraust du mir nicht auch? Bleib zum Essen. Im leeren Zimmer nebenan steht ein Bett. Du kannst hier bleiben heute nacht, das ist kein Problem."

Ich sah sie an, irritiert, überrascht. Dann mußte ich lachen. Ich mit meinen Sorgen, meinem Zorn, meinem Alterswahn. Und sie quartierte mich bei sich ein, einfach so.

Blume, zwei Blätter

Es ist schwierig, mich hinzusetzen und zu schreiben, während Jean im Nebenzimmer liegt und stirbt. Es ist kein schlechtes Gewissen, das mich plagt, aber ein Gefühl von Unwirklichkeit, von der Nichtigkeit meiner profanen Probleme. Sicher, das Leben geht weiter, muß *weitergehen – und doch rührt es mich seltsam an, angesichts des Todes den eigenen Lebensfaden wieder aufzunehmen, als wäre nichts geschehen. Nein, das stimmt nicht. Nicht, als wäre nichts geschehen.*

Trotzdem: Ich sitze hier, schmiede Pläne für meine Zukunft (sogar um so intensiver, je mehr Jean abbaut und ich die Flüchtigkeit der verbleibenden Zeit so eindringlich vor Augen habe) und schreibe die Chronik meiner letzten Liebesgeschichte. Welch Ironie.

Ich tue es, um meine Welt wieder zu verstehen. Ein Gefühl, das mir in den letzten Wochen abhanden gekommen ist, seit meinem Abschied von Léa. Deshalb ist es so notwendig, ja unabdingbar, alles aufzuschreiben.

Ich frage mich, wie das sein wird, wenn Jean geht. Wie dieses Haus sich anfühlen wird ohne ihn. Es ist schwer vorstellbar. Dieser Ort ist so sehr Jean. Und doch hat sich bereits eine Änderung eingestellt, hat sich die Atmosphäre begonnen zu verändern. Es ist hektischer geworden, unordentlicher. Auf Jeans ungeschriebene Gesetze wird unmerklich immer weniger Rücksicht genommen. Von Tag zu Tag weniger.

Es ärgert mich fast. Es ist nicht mein Haus und nicht meine Familie – und doch spüre ich diesen Stachel der Wut. So wenige Tage und Wochen sind erst vergangen, seit sich sein ganzes Leben auf diesen einen Raum beschränkt. Doch selbst wenn er sein Zimmer verlassen könnte – nehmen wir einmal an, er bekäme einen plötzlichen Genesungsschub –, ich weiß nicht, ob man es ihm zumuten, ob man ihn einfach in das Haus zurückkehren lassen sollte.

Natürlich sind es nur kleine Veränderungen, die stattgefunden haben. Wäsche, die abgestellt und liegengelassen wird. Solche Dinge. Und doch ist der Eindruck von Chaos, von Unordnung unübersehbar. Jean war sein Leben lang ein überaus ordentlicher Mensch. Manchmal fast schon pedantisch. Oft genug ist er mir damit auf den Wecker gegangen! Er ist so sehr auf seine eigenen Gesetze und seine private Welt bedacht. Sollen sie ihm doch seine kleinen Altersspinnereien und Engstirnigkeiten lassen! Und ihnen etwas Respekt zollen. Immerhin ist er fast neunzig! Es ist immer noch sein Haus. Und der winzige, verbleibende Rest seines Lebens. Verdammt. Mehr hat er doch nicht mehr.

Es ist ein seltsames Verhältnis, das sie zu ihm haben. Sie sind nicht unliebevoll, und ich kann ihnen nicht wirklich einen Vorwurf machen. Aber sie scheinen ihn so unglaublich wenig zu verstehen. Es kommt mir manchmal vor in den letzten Tagen, als wären alte Menschen, vielleicht auch erst Sterbende, von einem anderen Stern – oder als würden sie zumindest als solche erlebt.

Wirklich, vieles von dem, was Jean sagt, ist mir sehr vertraut. Gut, ich verstehe auch nicht mehr alles, und die Kommunikation mit ihm wird zusehends schwieriger. Es ist, als würde sich der Abstand zwischen Jean und der Welt kontinuierlich vergrößern. Doch seiner Familie scheint er vollkommen *unverständlich zu sein. Ich frage mich wirklich, ob das Alter eine andere Welt schafft oder zumindest einen neuen Bewußtseinszustand. Vielleicht bringt es eine andere Art zu denken und zu fühlen, eine neue Logik mit sich. Kinder leben im großen und ganzen ja auch in einer Welt, die nicht der der Erwachsenen entspricht. Ist es das, was aufs Alter noch einmal geschieht? Treten jetzt die gleichen Kommunikationsprobleme auf?*

Ein bißchen macht mir diese Veränderung Angst (so sie denn überhaupt stattfindet), aber weitaus mehr erschreckt mich, wie weit die anderen zurückbleiben. Wie wenig sie verstehen. Jean selbst wirkt so zufrieden. Wirklich, wenn ich ihn lächelnd in seinem Bett liegen sehe, mit diesem leicht verwunderten Ausdruck im Gesicht – als wundere er sich über die Welt und die Tatsache seiner Anwesenheit in ihr –, oder seine Freude erlebe, wenn ich ihm einen Tee bringe oder ihm vom Wind auf meinem Spaziergang erzähle … Wie sollte mir das Angst machen? Wenn Sterben so ist, kann es nicht schlimm sein. Nein, was mich erschreckt, ist das Unverständnis seiner Familie.

Ich werde nach wie vor das Gefühl nicht los, daß Jean sterben möchte. Ich verstehe diese ganze Todes- und Krankheitsgeschichte immer noch nicht so ganz, denn als ich ankam, wirkte er doch sehr im Leben stehend, für sein Alter. Und dann dieser schlagartige Abbau. Er hat müde gewirkt und auch alt, ja, das schon … Dennoch – so nahe schien er dem Tod trotzdem noch nicht zu sein. Außerdem scheint er nicht um sein Leben zu kämpfen. Das wundert mich eigentlich am meisten. Ich habe noch kein Wort des Bedauerns gehört, das mehr als phrasenhaft war, über eine gewisse Leichtigkeit hinausging. Er läßt alles mit sich geschehen – den Verfall, meine ich. Sein Körper und sein Geist lehnen sich nicht erkennbar dagegen auf. Ich verstehe das nicht. Man sollte doch meinen … Aber was weiß ich schon, wie sein Alltag für ihn vor meiner Ankunft war?

Wie lange habe ich ihn nicht mehr gesehen? Hm, kurz vor dem Ausbruch von Aikes Krankheit muß es gewesen sein. Vermutlich hat es deshalb so lange gedauert, bis ich ihn wieder besucht habe. Er war der letzte gemeinsame Freund, den Aike und ich getroffen haben. Ja, das war unsere letzte Begegnung. An einem Wochenende, auf der Durchreise. Unter ganz anderen Umständen, losgelöst von seinem Altersalltag. Das ergibt natürlich einen viel oberflächlicheren Eindruck, als ich ihn jetzt bekomme.

Er hat nicht mehr viele Freunde, die noch rüstig genug wären, ihn zu besuchen. Normalerweise war er immer derjenige, der die Runde gemacht hat, um die Freunde zu sehen. Und das mit zunehmenden Schwierigkeiten. Das fällt natürlich jetzt vollständig weg. Die meisten seiner engsten Freunde sind ihm eh schon gestorben. Und seine Tochter wird nach ihm geschaut haben, ohne im Alltag ein besonderes Unterhaltungsprogramm auf die Beine zu stellen – immerhin hat sie selbst Familie und Beruf. Verständlich, aber nicht belebend für seine Situation.

Ich weiß auch nicht. Mich stört auf jeden Fall die Eile, die hier manchmal herrscht, und die Selbstverständlichkeit, mit der sie auftritt. Vielleicht ist es doch gar nicht so einfach, selbstbestimmt alt zu werden. Mut macht das alles jedenfalls nicht gerade.

Dieser Gedanke läßt mir keine Ruhe: Es ist wirklich nicht nur wichtig, wo man altert, sondern auch mit wem. Sonst geht es einem am Ende so wie Jean jetzt (und dem entzieht er sich natürlich durch einen schnellen Tod, falls es denn überhaupt so kommen sollte. Alte sind schließlich nicht zu unrecht für ihren Starrsinn bekannt, warten wir also erst einmal ab, ob er wirklich „termingerecht" sterben wird.) Ja, sonst geht es einem wie Jean: Man bewohnt ein wundervolles Fleckchen Erde, von dem man sich unter keinen Umständen trennen möchte – und da sitzt man dann fest. Alle sitzen, vielleicht nur wenige hundert Meter voneinander entfernt, auf ihren wundervollen Fleckchen, und alle sind zu gebrechlich, um einander noch besuchen zu können. Welch ein Graus! Und Telefonrechnungen wie in der Pubertät. Nein, danke. So soll es nicht kommen! Gott oder wer auch immer – das Leben bewahre mich davor!

Ich glaube, Briefe wegen meiner Altersdorf-Idee sind nicht genug. Ich werde die aussichtsreichsten KandidatInnen anrufen. Es wäre sowieso nett, einmal wieder miteinander zu sprechen. Sie müssen, sie müssen einfach wollen.

8

Es war wirklich amüsant. Während ich mir Gedanken über Gedanken machte, quartierte mich Léa umstandslos in dem leeren Zimmer in ihrer Wohnung ein und verschaffte mir so einen annehmbaren Schlafplatz für die Nacht. Denn natürlich ging ich davon aus, am nächsten Tag nach einer neuen Lösung zu suchen. Ich konnte ja nicht einfach … Léa rief derweil am nächsten Vormittag ihre Vermieterin an (und schleppte mich bald darauf zu einem erfolgreichen Anstandsbesuch), erklärte, ihre Großmutter sei zu Besuch gekommen, und fragte, ob ich nicht in dem freien Zimmer schlafen könne, bis die Nachmieterin da sei. Sicher, sicher. Kaum hatte sie aufgelegt, platzte sie heraus mit ihrem Lachen. Zufrieden präsentierte sie „ihrer Großmutter" die neue Lösung; so könne ich bleiben die nächsten vier Wochen, so lange ich wolle …

So wunderbar diese Lösung war und so sehr sie uns (und vor allem mir) einen Freiraum bot, abzuwarten, was geschehen würde – es ist mir noch nie so schwergefallen, ein solches Angebot anzunehmen. Ich hätte es zu diesem Zeitpunkt noch nicht einmal erklären können. Ich wußte nur: Mein Alter stand zwischen uns. Vielleicht noch nicht einmal so sehr für sie, doch ganz sicher in meinem Kopf. Mein Beschluß, alles geschehen zu lassen und es zu genießen, was auch immer es sein würde, geriet mehr und mehr in den Nebel von Irritationen und Schuldgefühlen.

Dieser Umschwung kam mit der zweiten Übernachtung, beschlich mich an jenem dritten Morgen. Es war ein Gefühl von Das-kann-ich-nicht-tun. Das-kann-ich-nicht-bringen. Als wäre es unschicklich oder dergleichen. Dabei habe ich doch noch nie Hemmungen in der Wahl meiner Geliebten gehabt! Moral in diesem Zusammenhang – eine hohle Phrase. Wen man mag, mit dem soll man teilen, was man sich zu geben hat. Das Leben meint es eh nicht immer gut mit einem.

Als ich dort lag und Léas Stimme lauschte, während sie in der Küche Tee und Kaffee kochte und die Anfangstakte eines Liedes pfiff, die gleichen, immer wieder die gleichen, und sie mir vorstellte – meine Freude bemerkte angesichts meiner Erwartung, sie ins Zimmer wirbeln zu sehen – als ich merkte, wie ich es genoß, dort für mich zu liegen, meinen Gedanken nachzuhängen und den Geräuschen in der Küche zu folgen, von denen ich wußte, sie stammten von ihr, von ihrer Hand – da beschlich mich dieses Gefühl.

Ich erinnerte mich schlagartig an einen Film, den ich vor Jahren gesehen habe. Er handelte von der Liebesgeschichte zwischen einem jungen Mann und einer älteren Frau (bei weitem jünger als ich!). Darin gab es eine Szene, die mir plötzlich wieder vor Augen stand. Sie handelte von dem Skandal, den die Liebe der beiden in der kleinen Pfarrgemeinde auslöste. Ich hörte die Worte des Pastors, mit denen er seiner Verachtung und seinem Entsetzen Ausdruck gab. Seine plastischen, drastischen Worte über die Verschmelzung des jungen, straffen Fleisches mit dem Körper der alten Frau, ihrem welken, faltigen Leib. Ich hörte förmlich den Ekel, der ihn erfaßt hatte bei diesem Gedanken.

Ich habe nie viel auf die Meinung anderer, gar Fremder gegeben. Doch in diesem Fall traf es mich ungeschützt und unvorbereitet. Es spielte auch keine Rolle mehr, daß es sich nur um einen Film handelte (und noch dazu um einen schrecklich platten, klischeehaften!). Ich spürte eine panische Angst vor Léas Reaktion in mir aufsteigen: Was, wenn sie ebenfalls Ekel empfand beim Gedanken an meinen Körper?

Zum ersten Mal seit langem erfaßte mich die Angst vor Ablehnung mit ihren Fängen, nahm mich in die Mangel und durchschüttelte mich mit ihrem Spott. Auch wenn Léa jetzt keinen Ekel fühlte – vielleicht deshalb, weil sie *noch nie* in dieser Hinsicht an mich gedacht hatte!

Außerdem – sie war nicht nur jung, sie war auch noch schön und charmant. Warum sollte sie auf die idiotische Idee verfallen, mich, mich alte Frau …?

In dem Moment wünschte ich mir, ich wäre nie aufgewacht. Besser: Ich hätte mich nie auf diese Verrücktheit eingelassen. Bei ihr wohnen! Wozu?

Glücklicherweise gönnte sie mir noch eine weitere halbe Stunde, ehe sie mit einer Tasse Tee sowie ihrem Kaffee beladen in mein Zimmer kam. Sie setzte sich zu mir ans Bett; erleichtert, wie sie sagte, daß ich schon wach sei, denn sie habe mich nicht wecken wollen, aber sie habe das Frühstück gerichtet und auch schon gemalt und sei jetzt wirklich am Verhungern. Sie strahlte mich an: Sie sei froh, daß ich da bin. Sie finde es so schön, mit mir Zeit zu verbringen. Es sei so … ungewöhnlich schön (sie wurde rot). Ich schlürfte meinen Tee, nahm ihre Hand. Ich mußte es ansprechen, es würde mich sonst auffressen.

Also begann ich von meinem Alter zu sprechen. Und davon, daß sie so jung sei. Und daß es mir ein unrechtes Gefühl gebe, hier bei ihr zu wohnen. Sie unterbrach mich, schlug mich mit meinen eigenen Worten über das Zusammenleben von Menschen über Generationsgrenzen und andere „Barrieren“ hinweg. Und überhaupt, ich brauche mir keine Gedanken zu machen, ihre Vermieterin habe den Fisch doch gut geschluckt. Es sei doch alles ganz wunderbar gelaufen, ich als ihre Großmutter ... Das war nicht gerade, was ich gemeint hatte.

Beim Frühstück versuchte ich es noch einmal, diesmal von einer anderen Seite: Ich hätte ihr doch erzählt, daß ich nicht wisse, wie es weitergehe in meinem Leben, und daß ich eigentlich auf der Suche sei nach einem Häuschen am Meer. Ja, da passe es doch wunderbar, fiel Léa mir ins Wort, wenn ich noch in Paris bleiben könne, für vier Wochen unbegrenzt und mir in Ruhe Gedanken machen. Ich hätte doch noch in Paris bleiben wollen, oder nicht? Sicher, aber ...

So hatte das keinen Sinn. Ich mußte raus damit.

Oder sollte ich es doch lieber für mich behalten und die Geschichte einfach genießen? Es zwang mich ja niemand, mit der Wahrheit herauszuplatzen. Warum nicht schweigen und ... Ich war mir nicht sicher, ob ich das konnte. Nein, verdammt, meine Bedenken und Unschicklichkeitsgefühle krochen mir bereits wieder den Nacken herauf. Ich wollte nicht leben mit dieser Angst vor Entdeckung. Mit der Angst vor ihrem Entsetzen, wenn es herauskam nach Tagen der ach-so-schönen Großmutter-Idylle. Das war ja – wenn auch etwas anders – mal wieder die klassische Situation, daß eine Frau Angst haben mußte, daß ihre Liebe zu einer anderen Frau entdeckt wurde! Das wäre ja noch schöner! Und das mir! Nur, daß es hier ums Alter ging.

Und doch, rückblickend betrachtet – schwang nicht genau diese Angst mit? Die Angst vor einem weiblichen Tabubruch? Was wäre, wenn ich, sagen wir, gleichen Alters und männlich gewesen wäre? Hätte ich die gleichen Bedenken und Ängste gehabt? Wären mir die gleichen Befürchtungen wegen Entsetzen und Ekel begegnet? Hätte ich mit größerer Selbstverständlichkeit das Undenkbare gewagt? Wäre nicht wesentlich mehr einkalkuliert worden, daß es vielleicht Gefühle des Verliebtseins sein könnten, die insgeheim *auch* meine Freude an dem Mädchen prägten?

Ja, ich sage bewußt: vor einem weiblichen Tabubruch. So viele Frauen – zumindest in meiner Generation, doch ich bezweifle stark, daß es weiter unten in der Generationenfolge viel besser aussieht, dafür hat sich trotz allem zu wenig geändert an dieser teuflisch unterschwelligen, geschlechtsspezifisch-sexistischen Erziehungsmethode, die ja leider fast überall auf dieser gottverdammten Welt immer noch vorherrscht – es ist einfach zum Kotzen.

Wo war ich noch gleich? Ach ja, so viele Frauen haben Selbstdomestikation eingeimpft bekommen, haben diese entsetzliche Erziehung zur Anpassung „genossen". Anpassung als wirksamsten Überlebensmechanismus für diese patriarchal-sexistische Welt da draußen angepriesen bekommen. So oft als den einzig gangbaren Weg – für eine Frau.

Nein, es wird uns wahrlich nicht beigebracht, wir selbst zu sein. Welch kranke Welt! Und so sehr wir uns wehren, so tapfer wehren und uns abkämpfen, trotzdem unseren eigenen Weg zu gehen – es gibt sie dennoch, diese Momente, in denen dies Unterschwellige hervorbricht, das sich eingegraben hat in unsere Hirne und Seelen. Und so „vergessen" wir bisweilen immer noch, uns zuzugestehen, wir selbst zu sein. Es ist die Selbstverständlichkeit, die uns fehlt. So bitterlich fehlt.

Männer haben sie, diese Selbstverständlichkeit. Problematischerweise häufig, ohne auch ein Gespür für Grenzen mitbekommen zu haben. Eines, das die Grenzen von Frauen und Kindern mit einschließt. Nein, viele Männer haben keinen guten Umgang mit dem Sich-selbst-Leben. So oft und selbstverständlich agieren sie sich aus auf Kosten anderer.

Wenn ich an all die Männer denke, denen ich in meinem Leben begegnet bin, ihre im besten Fall zärtliche Aufmerksamkeit ... Das geile und geifernde Lächeln, mit dem einen manche bedachten, und die Blicke, die Beine maßen, die für ihre Augen nicht bestimmt waren. Das gezischelte „schönes Mädchen“, das sie einem im Vorübergehen zuwarfen. Die ekelhafte Geilheit, mit der sie einem nachjagten. Es war abstoßend. Und dann die alten Säcke, die einem freundlich begegneten, großväterlich zu einem sprachen und dann – zack – kaum hatten sie Boden gefaßt, noch schnell durchblicken ließen, daß auch sie, ja auch sie noch Männer seien. Schon der Gedanke daran schüttelte mich. Warum ist dies Schleimige, Unangenehme, Unangebrachte, ja Übergriffige so häufig im Verhalten von Männern aller Altersklassen zu finden? Warum wird es – selbst bis ins hohe Alter hinein – mit solcher Selbstverständlichkeit praktiziert? Warum wird das Männern zugestanden?

Und ich quälte mich so wegen meiner zarten Verliebtheitsgefühle! Wie kommt es, daß Männer ihre Gefühle so deutlich und allgegenwärtig ausleben (dürfen), während ich mich meiner Verliebtheit für Léa so schämte, so ringen mußte, bis ich sie akzeptieren konnte? Was ist das für ein Ungleichgewicht? Warum gibt eine Gesellschaft den einen solchen Raum – und überläßt es ihnen selbst, das Maß zu bestimmen, über alle Grenzen hinweg –, während sie ihn anderen so radikal vorenthält? Warum?

Es sind die alten Fragen. Die alte, mühsame Suche nach Logik, nach Sinn, nach Antworten. Macht steht als Begleiter aller Erklärungen bereit, färbt alle Varianten. Die alte, elende Geschichte, die immer wieder Zorn gebiert. Und andere so lähmt, resignieren und sich anpassen läßt.

9

Ich wußte einfach nicht, was ich Léa sagen sollte. Das war die ganze, traurige Wahrheit. Die Vorstellung, daß sie sich abgestoßen fühlen würde von mir, wurde übermächtig. Was mich so quälte, war nicht einmal so sehr, daß sie vielleicht, wahrscheinlich nicht verliebt war in mich, meine Gefühle nicht erwiderte. Was ich unerträglich fand, war der Gedanke, daß sie sich von mir abwenden könnte, wenn sie es erst einmal erfuhr. Daß ich verbotenen Gefühlen frönte.

Ich fühlte mich fürchterlich deplaziert, ungerecht behandelt und unglücklich. Also ging ich erst einmal alleine spazieren. Ließ meinen Gedanken freien Lauf und hoffte auf Erlösung von dem Gefühl, „falsch zu sein". Falsch zu empfinden. Unrecht zu tun, einfach durch das, wie ich war. Wer ich war. Wie ich fühlte.

Ich lief das Ufer der Seine entlang. Es war ein schöner Nachmittag. Die Sonne schien und hätte einen an einem anderen Tag die Alterszipperlein vergessen lassen. Ich stellte mich an das Geländer, blickte ins Wasser, schlenderte weiter. Paris. Welch ein Zauber lag in diesem Namen. Und wie unglücklich fühlte ich mich jetzt.

Ich kenne dieses Gefühl natürlich. Das Gefühl, „falsch" zu sein. Ich kenne es nur zu gut. Und auch an jenem Tag weckte es Erinnerungen, die weit, weit zurückliegen. Ich fragte mich, wohin es mich diesmal führen würde, wenn ich es zurückverfolgte. Ich hatte es lange nicht gespürt, Jahrzehnte nicht. Es reicht zurück, zurück, so weit zurück.

Dort, wo es herkommt, war es mächtig und stark. Absolut. Das konnte ich fühlen. Allmächtig und erdrückend mußte es gewesen sein, schon deshalb, weil es mich selbst jetzt durch den Schleier all der Jahre hindurch so niederdrücken konnte. Ich fragte mich, was damals gewesen war, daß es mit solcher Macht auf mich niedergefahren und sich eingegraben hatte. Ich lehnte mich auf einer Bank zurück und ließ mich einsinken in das Gefühl …

Das Weinen eines kleinen Mädchens drückte mir in der Brust. Scharf, riesig, zu groß, um je ausgeweint worden zu sein. Ich weiß, ich trage sie mit mir herum, die Wundmale meines Lebens, wie jeder andere Mensch auch. Sicher, es sind weniger geworden über die Jahre, je mehr von ihnen ich mir angeschaut habe. Aber es sind weiß Gott immer noch welche vorhanden.

Ich sah mich dort stehen, ein kleines Mädchen, ich sah die Angst in meinen Augen. Ich habe irgend etwas getan, das weiß ich plötzlich, irgendeine Dummheit begangen. Etwas, das nur jemand tun kann, der nicht richtig ist, der nicht so ist wie der Mann, der vor mir steht und schreit. Er steht oft vor mir und schreit. Wenn ich wäre wie er, dann wäre sie mir nicht passiert, diese Dummheit. Ich spüre eine dumpfe Auflehnung, ein dumpfes Aufbegehren, einen Widerwillen. Ich möchte nicht so sein wie der Mann, der vor mir steht und schreit. Ich mag ihn nicht, denn er sagt mir, daß ich dumm bin. Daß ich dumm bin. Dumm, dumm, dumm. Weil ich einen Fehler gemacht habe – einen Fehler, der so schlimm ist, daß er nun vor mir steht und schreit. Er steht schon lange vor mir und schreit, und ich wünsche mir, daß meine Mama kommt und ihm sagt, daß er aufhören soll. Meine Mama kommt nicht. Niemand kommt.

Ich habe vergessen, was ich getan habe, ich weiß nur, daß er dort steht und schreit. Ich darf nie mehr tun, was ich getan habe, damit er nicht mehr vor mir stehen und schreien kann. Ich mag ihn nicht, und ich mag mich nicht, denn ich habe etwas getan, das macht, daß er vor mir steht und schreit. Was habe ich getan? Ich weiß es nicht, ich habe es vergessen oder nie verstanden. Ich weiß nur, das, wie ich bin, das macht, daß er schreit und schreit und schreit … Wann wird er aufhören? Was habe ich getan? Ich kann mich nicht erinnern. Ich habe nichts Böses getan. Oder? Bin ich böse? Bin ich böse, weil ich nicht so bin, wie der Mann möchte? Bin ich böse – ist das der Grund, daß er so schreit und schreit und schreit? Was habe ich getan? Wie kann ich verhindern, je wieder dieses Ausgeliefertsein …

Mir ist schwindlig vor Abscheu. Haß schnürt mir die Kehle zu und Widerwillen, diesen Menschen je wieder zur Kenntnis zu nehmen. Was habe ich ihm getan, was bildet er sich ein? Ich werde ihn nie wieder zur Kenntnis nehmen müssen, er ist tot. Lange schon. Tot, tot, tot. Meine Schrecken sind es nicht.

Ich blinzle in die Sonne, atme schwer. Mir ist, als wäre ich eben mit meinem rettenden Sprung in meine Altersgegenwart zurück der kindlichen Hölle entkommen.

Sicher, ich bin ihr auch entkommen im richtigen Leben – die Zeit hat dafür gesorgt. Es hat nur unendlich lange gedauert. Jahre. Jahrelang. Viel zu lange, um nicht vor Angst und Abscheu und Widerwillen geschüttelt worden zu sein, von Zweifeln und Selbstablehnung durchfressen wie von Maden in räudigem Fleisch. Ohne die Hoffnung auf ein Ende.

Woher weiß ein Kind, wann die Hölle enden, ob sie je enden wird? Weiß es genug von der Welt, um zu wissen, wo das Ende der Hölle liegt? Daß sie ein Ende haben kann, haben wird? Ich habe nicht genug gewußt. Gibt es Menschen um ein Kind, die ihm sagen: Ja, von hier oben, da sehe ich dein Panama? Nein, die gab es nicht. Gibt es Menschen – oder doch wenigstens Geschichten – um ein Kind, die ihm erzählen, daß es gut ist, daß es kämpft, sich aufrecht zu halten sucht und sich verdammt tapfer schlägt? Es gab nur Erwachsene um mich, die mich vom Gegenteil zu überzeugen versuchten, all diese Jahre lang.

Ich fühlte mich müde und elend, und die warme, grelle Sonne von Paris kam wie aus einer anderen, fernen Welt zu mir. Dennoch wußte ich – und dieses Wissen ist Gold –, daß ich aufstehen werde und gehen. Ich würde aufstehen und weggehen von dieser Bank, von diesen Gefühlen und Erinnerungen. Seit ich erwachsen bin, kann ich aufstehen und fortgehen. Ich habe die Freiheit, meinen Hintern von dieser Bank wegzubewegen und nie wieder herzukommen, wenn ich nicht möchte. Ich habe diese Freiheit. Als Kind hat man sie nicht.

Ja, irgendwann bin ich dann aufgestanden und habe mich fortgeschleppt von dieser Bank. An ein flottes Weggehen war trotz aller Freiheit nicht zu denken – ich war fürchterlich mitgenommen und erschlagen. Ich kenne es ja, alten Erinnerungen zu begegnen, aber je älter ich werde …

Ich fühlte mich nicht einmal erlöst, wie früher befreit, sondern nur unendlich erschöpft. Das Gehen war mühsam, fast schmerzhaft, und ich kam kaum voran. Mein ganzer Körper war wie gelähmt.

Also habe ich mich zum nächsten Café geschleppt und mich erst einmal auf einen Tee und – zur Beruhigung der Nerven – ein großes Stück Torte niedergelassen. Je mehr ich davon aß, desto mehr fühlte ich meine Lebensgeister zu mir zurückkehren.

Gut, was nun? Wie sollte es weitergehen?

10

Ja, was wollte ich tun? Ich dachte zurück: Frankfurt, Lissabon, die Fahrt nach Paris, die Bekanntschaft mit Léa, der Besuch bei Simone. Was lag vor mir? Ich wußte es nicht. Die Suche nach einem Altersort. Wollte ich gleich wieder aufbrechen und diesen Teil meiner Reise angehen? War das das Naheliegendste? Sollte ich Paris vielleicht einfach hinter mir lassen, schon jetzt?

Was war mit meinem – wenn auch vorübergehenden – Einzug bei Léa?

Ich wußte wirklich nicht, was ich davon halten sollte. In welch absurde Situation er mich gebracht hatte, dieser Einzug! Ich fühlte mich schlicht und ergreifend überrumpelt. So gerne *ich* meinen Kopf durchsetze und dabei vielleicht auch einmal andere überrenne – wenn es mir selbst geschieht, halte ich weiß Gott viel weniger davon. Was dachte sie sich überhaupt? Was dachte sie denn, wer ich war? Ihre Großmutter?

Verdammt, ich war es nicht. Ich wollte es auch nicht sein. Was ich wollte, war – ihren Körper ebenso in Angriff zu nehmen, in Verzücken zu versetzen, wie das mit ihrem und meinem Geist geschehen war. Ich wollte ihren Körper, sie, alles in ihr in Faszination stürzen. Ich wollte, daß ihre Augen unter meinen und ihren Entdeckungsreisen ebenso zum Leuchten kamen, wie wenn wir beieinander saßen und diskutierten. Ich wollte sie, mit Haut und Haar.

Was hatte ich ihr anzubieten? Einen alten, welken Körper, faltig und voll von Geschichten. Ihrer war jung und meinem Ermessen nach schön, wunderschön, eine Landkarte der zarten Haut und unentdeckter Köstlichkeiten. Vielleicht war er schon erkundet, vielleicht waren seine Geheimnisse schon weitestgehend erforscht worden. Was wußte ich denn, wie junge Frauen heute ihre Sexualität leben! Vielleicht war sie auch gar nicht so schön, wenn man sie erst einmal entkleidet hatte. Mir war es gleich, ich wollte sie.

Ich wollte ihr alles zeigen, das ich je gelernt habe. Ich dachte an meine Geliebten, an all meine wunderschönen Frauen und die versprengten Männer, die sich darunter gemischt haben. An die berauschenden Tage und Nächte, die ich mit ihnen erlebt, und die Weisheiten, die sie mich gelehrt haben. Ich dachte auch an den Schmerz, der mit manchen von ihnen gekommen war. Mein Blick fiel auf meinen Ring, lebendige Erinnerung an meinen Rausch der Sinne damals, mit Jamina. Und meine vielen, vielen anderen.

All ihre Geheimnisse und Vermächtnisse wollte ich weitergeben, Léa zur Liebesgabe machen. So würden diese Begegnungen noch einmal Blüten tragen, noch einmal zu einer ganz besonderen Entfaltung kommen. Ehe sie mich auf meiner letzten großen Reise begleiten oder – sollten sich meine Vorstellungen von der Zeit nach dem Leben als falsch erweisen – mir jenen letzten, langen Traum versüßen werden.

Nur der Stern meiner Seele, meine Aike – sie würde außen vor bleiben. Mein Leben mit ihr ist, so es eine Gerechtigkeit nach dem Tod gibt, noch lange nicht zu Ende. Es kann noch nicht zu Ende sein. Mein Herz ist noch viel zu voll von Gefühlen, von Glühen für sie – und wird es bleiben. Mein Leben lang. Über das Leben hinaus. Daran hat sich nicht viel geändert seit dem Tag, an dem ich das letzte Mal in ihre Augen geschaut habe. Dem Tag, an dem ich ihre Augen für immer geschlossen habe. Ihre Augen für die Welt. Ihre Augen für mich blicken mich immer noch an und werden es auch bis zu meinem letzten Atemzug. Ihr gehört mein Leben. Bis über den Tod hinaus.

Ja, Aike würde selbstverständlich außen vor bleiben, denn sie werde ich nie teilen mit einem Menschen. Ich habe ihren Körper zu ihren Lebzeiten geteilt (genauso wie sie meinen), aber das ist eine andere Geschichte. Das Andenken meines Seelensterns ist heilig. Es gehört nur mir. Und ihr. Niemand wird je zwischen uns stehen.

Und doch war ich mir sicher, Aike würde bei mir sein. Sie würde sich freuen, meinen alten Körper noch einmal in Verzückung zu sehen. Wir haben schließlich immer zueinander gesagt, wenn eine von uns stirbt – die andere ist wieder frei. Es war für uns beide eine schönere Vorstellung, die andere noch einmal glücklich zu sehen, denn in lebenslanger Trauer. Ich habe lange genug gebraucht, halbwegs über ihren Tod hinwegzukommen. Was war das für ein Kampf, wirklich, was für ein entsetzlicher Kampf! Wie oft habe ich gedacht, ich würde es nicht schaffen, Kraft zu finden für ein Leben ohne sie. Wie leer und unwichtig alles war! Lange, so lange.

Ich war sicher, Aike würde bei mir sein. Sie würde sich mit mir freuen.

Doch was, wenn Léa mich nicht wollte?

Wenn sie nie auf den Gedanken gekommen war, in mir etwas anderes zu sehen als eine alte Frau, ein Wesen ohne Sexualität, jenseits vom Leben? Nun, (ich holte tief Luft innerlich) dann würde sie sich eben eines Besseren belehren lassen müssen. Ablehnen konnte sie mich ja, aber die Konfrontation mit meinen Gefühlen – die würde sie aushalten müssen.

Immerhin war es ja auch ein Kompliment. Ein sinnloses vielleicht, aber das war ihre Entscheidung, nicht meine. Was sollte ich mich plagen wegen der Entscheidung eines anderen Menschen? Sie befand sich jenseits meines Einflusses. Folglich war es wirklich nicht meine Sache, mich deshalb verrückt zu machen. Ich würde ja sehen, was geschah.

Das Schlimmste, das geschehen konnte – ja, was war das Schlimmste? Bisher war es immer die Vorstellung gewesen, daß sie mich – kam sie einmal hinter mein „Geheimnis" – vielleicht nicht mehr akzeptieren würde, mich nicht mehr um sich haben wollte. Doch war das wirklich so unaushaltbar? War es nicht die ehrlichere Variante, bei der meine Gefühle, meine Art, wie ich für sie empfand, Raum bekamen – wenn auch vielleicht mit negativer Konsequenz? War das nicht trotzdem besser als die panische Angst vor einer Entdeckung und der unehrliche und fürchterliche Versuch, alles in einer Großmutter-Idylle münden zu lassen? War es nicht angenehmer, die Konsequenzen meiner Gefühle in Kauf zu nehmen, als zu versuchen, eine künstliche Realität am Leben zu erhalten?

Ich war nicht darauf angewiesen, bei ihr zu bleiben. Ich konnte heute, morgen, jederzeit meinen Koffer packen und gehen. Ganz nach Belieben und Situation. Warum sollte ich mich also in etwas drängen lassen, noch dazu vielleicht nur von meinen eigenen Befürchtungen, das mir nicht entsprach? Was sollte das? Wozu hatte ich mein bisheriges Leben in Unabhängigkeit und Kompromißlosigkeit geführt, wenn ich jetzt als alte Frau einbrach? Nein, das konnte es nicht sein.

Ich nahm mir vor, mich nicht wieder von meinen alten Zweifeln und Befürchtungen schachmatt setzen zu lassen. Sicherheitshalber bestellte ich mir noch einen Tee und zog mein Manuskript hervor, um zu arbeiten. Ich wollte meine Rückkehr in ihre Wohnung nicht überstürzen, sondern mir Zeit geben, daß sich alles ein wenig setzen konnte.

Als ich in die Wohnung zurückkehrte, fand ich diese leer vor. Auf dem Küchentisch lag ein Zettel:

> Meine schöne alte Lady!
> Ich bin in der Wohnung unten bei Frau Levac, meinem Modell, und arbeite an meinem Bild. Komme wieder, wenn ich soweit bin. Wenn du magst, schau auf einen Besuch vorbei.
>
> Léa
>
> P.S.: Ich werde in den nächsten Wochen mit Malen beschäftigt sein. Wenn du bleiben magst – bleib. Ich würde mich sehr über deine Gesellschaft freuen. Wenn du gehen willst, dann geh. Mach, was dir gut tut. Aber vergiß nicht: Du bist hier herzlich willkommen.
> Ich werde dich vermissen, falls du gehst.

Ich ließ mich auf einen Stuhl sinken, atmete tief durch. Hatte sie gespürt, wie elend und durcheinander ich mich gefühlt hatte? Schließlich mußte ich lachen über meine Naivität. Gäbe es nicht diese gewisse Übereinstimmung zwischen uns, dieses Verstehen, was die andere dachte – ich wäre wohl kaum in die Lage gekommen, mir den ganzen Tag all diese Gedanken zu machen!

Erleichtert kochte ich eine Kanne Tee, um den Frauen einen Besuch bei ihrer Arbeit abzustatten.

11

Vorsichtshalber gingen wir einander in den nächsten Tagen noch etwas aus dem Weg. Léa malte weiter an ihrem Bild, verschwand dann und wann in die Wohnung unten, um Korrekturen vorzunehmen. Ich setzte mich an mein Manuskript. Es schien uns beiden bewußt zu sein, wie zerbrechlich, wie anfällig die Situation zwischen uns war. Ich glaube, wir taten genau das richtige, denn es gelang uns innerhalb kürzester Zeit, einen gemeinsamen Rhythmus herauszubilden, der Freiräume für uns beide fest im Tagesablauf verankerte. Es war ein Arbeitsrhythmus. Was ihn jedoch bestimmte, waren die Pausen, die wir bei unseren jeweiligen Tätigkeiten brauchten und die wir gemeinsam verbrachten.

Ich war Léa insgeheim sehr dankbar für ihre Rücksichtnahme, denn es war mir wohl bewußt, daß vor allem ich es war, die diese Absicherung, diese Garantie von Distanz und eingespieltem Miteinander brauchte. Sie verlieh mir die Sicherheit, meine in unregelmäßigen Abständen auftauchenden alten Dämonen im Zaum halten zu können. Das Leben mit Léa fühlte sich gut an, und ich wollte ihnen nicht mehr zuhören, meinen ewig nörgelnden Befürchtungen und Zweifeln. Unsere Eingespieltheit verlieh mir den Mut, sie zum Teufel zu jagen.

Während ich anfangs noch manchmal in ein Café flüchtete, um eine Tasse Tee für mich alleine zu genießen, oder mich in Paris vergnügte, in ganz schlimmen Fällen auch gar einen ganzen Tag in der Stadt verbrachte, schreibend, bummelnd, die Gegend erkundend, wurde es mir mehr und mehr zur Gewohnheit, den Balkon zu besetzen und dort zu schreiben.

Das Wetter war herrlich, und so blieb ich morgens nach unserem gemeinsamen Frühstück dort sitzen und begann zu arbeiten. Ich fühlte mich unendlich wohl in dieser Oase aus wildem, ungezähmtem Grün. Wenn ich aufstand, um meinem Rücken eine Pause zu gönnen, ließ ich meinen Blick über die Dächer von Paris gleiten oder hielt ein Schwätzchen mit der alten Dame schräg unter uns. Auch wenn wir einander kaum verstanden, gab es mir doch ein Gefühl von Alltäglichkeit, von Geborgenheit. Man schien sich daran gewöhnt zu haben, daß ich auf Léas Balkon saß und schrieb. Es gab mir für einen kurzen Moment die Illusion, hierher zu gehören.

Ich genoß die Atmosphäre des Viertels. Die Zeit schien stehengeblieben zu sein in diesem Hinterhof, in diesen Straßen. Menschen, die mit ihren Kindern zankten und lachten, das Wehen der Wäsche auf der Leine, das Schreien der Kinder beim Spiel, das Bellen eines Hundes. Und in all dem meine Léa, die malte und fluchte, skizzierte und zufrieden lächelte, Farben mischte und beim Malen auf ihrem Gesicht verteilte, während sie sich die Haare aus dem Weg strich. Manchmal unterbrach ich mein Schreiben, einfach um in ihr Zimmer zu gehen und sie beim Malen zu beobachten, ihren Bewegungen zu folgen. Oder ich brachte ihr einen Kaffee, um einen Vorwand zu haben, mich zu ihr zu gesellen. Ich liebte den Blick aus ihrem Fenster, das kleine Paradies, das ich hier fand. Es war ein wundervolles Zusammensein.

Allmählich wandelte sich unser Rhythmus: Die Frühstükke wurden länger, die gemeinsamen Abende begannen früher. Wir unternahmen Ausflüge und suchten die Hilfe der anderen bei unseren Werken, selbst an Stellen, die so eindeutig waren, daß es eigentlich nichts zu deuteln gab. Gerade an diesen. Denn eigentlich lieben wir beide keine Einmischungen. Sie erzählte mir von den Abhandlungen, die sie für ihr Studium zu schreiben hatte, und wir diskutierten die halbe Kunstgeschichte, den Sinn und Unsinn verschiedener Techniken und Ansichten. Der Louvre wurde vorübergehend zu unserem zweiten Wohnzimmer, und ich entführte sie in mein geliebtes Musée d'Orsay (das sie natürlich längst auswendig kannte). Abends gingen wir manchmal essen oder wanderten durch die erhellten Straßen, trafen uns in Bars nach getrennt verbrachten Nachmittagen und saßen morgens glücklich zusammen nach den langen Stunden der in zwei Zimmern durchschlafenen Nächte. Unser Arbeitsrhythmus wandelte sich in einen Rhythmus des Beisammenseins.

Wir lebten, als gäbe es keine Zeit. Keine Tage, die verstrichen, keine Wochen, die sich rundeten. Wir ignorierten, daß es etwas gab, das uns vor eine Entscheidung stellen konnte. Wir lebten. Lebten miteinander. Zu intensiv, um so unwissend zu sein, wie wir vorgaben. Doch wir beließen es bei unserer Illusion.

Nach der Kunst kam die Literatur. Jetzt war ich in meinem Element. Ich erzählte ihr von meinen geliebten schreibenden Schwestern, entführte sie in ihre Jahrhunderte, in ihre Länder. Sie stellte Fragen über meine Bücher, und wir strandeten an Orten, die ich bereist und an denen ich gelebt habe. Ich brachte sie an die wenigen literarischen Ecken von Paris, die ich kannte, und sie fügte ein Dutzend weitere hinzu. Wir besuchten die großen Genies an ihren letzten Ruhestätten, und ich erzählte ihr von meiner Sehnsucht nach dem Meer, nach einem letzten Ort. Sie befragte mich nach dem Alter und ich sie nach der Jugend in der heutigen Zeit. Sie vernachlässigte ihre Studien und ich mein Buch, und wir waren glücklich. Beide, so schien es mir. Und jetzt, wo ich zurückblicke, leuchtet dieses Glück um so deutlicher und inniglicher. Wir verschränkten unsere Leben in dieser Zeit, die wir zusammen verbrachten, und sie schien uns eine Ewigkeit. Stunden dehnten sich zu Tagen und Tage zu Wochen. Es war, als wären wir nicht mehr von dieser Welt. Als hätte die Welt ihre Gültigkeit für uns verloren, mit ihren Gesetzen und Zwängen und Notwendigkeiten.

Und so, wie unser Dasein sich miteinander verwob in dieser kurzen, glückdurchsetzten Zeit, begannen auch allmählich unsere Körper, sich zu begegnen: Nach über zwei Wochen der Berührungslosigkeit, der fast bewußten Vermeidung von Körperkontakt, fanden sich unsere Hände auf unseren Spaziergängen, berührten sich unsere Finger beim wilden Gestikulieren, wenn wir einmal wieder nicht der gleichen Meinung waren und voll Ungeduld die andere zu überzeugen suchten. Wir müssen ein lustiges Bild abgegeben haben zusammen, dies wunderschöne Mädchen und ich alte, alte Frau; dieses große, schlanke Ding mit mir kleiner, grauer Gestalt, wie wir so händchenhaltend durch die Straßen marschiert sind. Manchmal blieben Leute stehen und sahen uns nach oder lächelten uns an, wenn sie uns entgegenkamen. Es war kein Lächeln des Spotts, das sie uns gaben, sondern ein Lächeln der Freude, des Mitfreuens. So wenig wir selbst wußten oder uns eingestanden, was wir da teilten, es schien uns deutlich anzusehen zu sein, daß es etwas ganz Besonderes und Bereicherndes war.

Mitte der dritten Woche begann Léa mich zu malen. Es war mir schon in den Tagen zuvor aufgefallen, daß sie mich in den seltenen Momenten, in denen ich jetzt noch an meinem Buch saß, fixierte, mit angestrengtem Blick meiner Kopfhaltung folgte und ärgerlich zusammenzuckte, wenn ich plötzlich ohne Vorankündigung aufstand. Es war ein anderer Blick als der, den ich sonst von ihr kannte. Durchdringender, festnagelnder. Erbarmungsloser. Er machte mir manchmal fast ein wenig Angst. Er brachte mir meine Befürchtungen hinsichtlich meines alten Körpers wieder zu Bewußtsein.

Von nun an saßen wir häufig im Park, schließlich in ihrem Zimmer, und sie fertigte erst Skizzen, begann dann, mich zu malen. Im Gegensatz zu den anderen Bildern, an denen sie in meinem Beisein gearbeitet hatte, durfte ich ihr Werk nicht anschauen; sie hielt es sorgsam vor meinen Blicken verborgen. Es waren seltsame Stunden, die ich in regloser Pose vor ihr verbrachte: Anfangs durfte ich nebenher schreiben – eine Betätigung, die mir nun schon zum zweiten Mal in ihrer Gegenwart langweilig und absurd erschien, fast weltfremd und einsam nach all diesen Tagen des gemeinsamen Erlebens. Ein Gefühl, das ich sonst nicht kenne beim Schreiben! Dann wurde mir jede Tätigkeit verboten.

Ich hatte mit einem Mal viel Zeit zum Nachdenken und noch mehr Zeit, sie anzuschauen. So glücklich die letzten Tage gewesen waren: Ich hatte es vermieden, mich zu sehr in die Betrachtung ihres Körpers, ihrer Augen, ihres Mundes versinken zu lassen. Hatte all meine weitergehenden Gefühle auf meine Träume verschoben. Dort waren sie freilich mit großer Macht hervorgebrochen, hatten meine Nächte mit brennenden Bildern gefüllt, mit Sehnsüchten, deren Existenz ich schon beinahe vergessen hatte. Ich träumte fast jede Nacht von ihr, und meine Träume waren ein einziger Reigen der Köstlichkeiten und Verzückungen.

Wenn ich morgens erwachte, lag ich meist noch eine ganze Weile da, ließ meine Gedanken schweifen und gönnte mir Zeit, zu mir zurückzukommen, mich von den Trugbildern der Nacht zu verabschieden. Ich konnte ganz gut leben mit dieser Aufteilung. Es kehrten viele Gefühle zu mir zurück, die sich lange vor mir verborgen haben, und ich vergaß bisweilen sogar, wie alt ich doch in Wirklichkeit schon bin. Ich fühlte mich leicht und schwerelos, losgelöst von den Beschwerden und Schmerzen des Altersalltags. Und konnte doch darauf vertrauen, daß mich mein Körper wieder auf den Boden der Tatsachen zurückholen würde: Spätestens bei dem Versuch aufzustehen, war es mit den

Illusionen vorbei. Die Zipperlein begannen von neuem. Und mit ihnen ein weiterer wunderschöner Tag mit Léa.

12

Ja, es war wirklich eine phantastische Zeit. Wir lebten wie in Schwerelosigkeit. In gewisser Weise verlor alles für mich nie diesen Charakter der Zerbrechlichkeit, der Verliebtheit und Glück manchmal anhaftet. Ich glaube, es lag daran, daß ich die Zeit so genoß. Ich machte mir keine Gedanken mehr, wo es hinführen, wie es enden würde. Es war, wie es war, und das galt es zu genießen.

Die Stunden des Modellsitzens änderten diesen Charakter. Wir saßen einander gegenüber, sie in angespannter Konzentration, ich in müßigem Nichtstun (das ist ein Vorteil des Alters beim Modellsitzen, man darf die Positionen wesentlich häufiger wechseln; zumindest durfte ich es). Sie mit ihrem Adlerblick. Ich in tiefer Faszination. Und wohin ich meine Augen auch wandern ließ, sie kehrten doch immer zu ihr zurück, zu ihren Haaren, diesem Meer aus leuchtendem Rot, ihren feinen Gesichtszügen. Ihrem Hals, der mich von Anfang an so in seinen Bann geschlagen hatte – wie sie ihn hielt, seitlich geneigt, ein leichter Schatten auf dem Dekolleté, darunter der weiche Stoff, der sich sanft um ihre Brüste schmiegte ... Oder ihre Beine! Lang und schlank, mit runden, weichen Schenkeln, die in das Tuch übergingen, das sie sich lose um die Hüfte geschlungen hatte. Ihre Füße waren schmal und lang, ihre Zehen leider meist in Wollsocken verborgen, so daß ich sie nicht studieren konnte. Ich glaube, ich kannte bald genauso jede Einzelheit ihres Körpers, wie sie meinen kennen mußte, da sie ihn ja erbarmungslos mit ihren durchdringenden Blikken maß. Herrgott, wie sie mich wohl sah?

Manchmal schnürte mir die Nervosität die Kehle zu. Wenn ich doch wenigstens die Skizzen hätte sehen dürfen, um einen Eindruck zu bekommen! Irgendwann, als selbst die Konzentration auf ihren Körper meine Nervosität nicht mehr beruhigen konnte, beschloß ich, in die Offensive zu gehen.

„Léa, was denkst du, wenn du einen alten Körper wie den meinen malst?"

„Mmh? Daß es verdammt schwierig ist, deine Falten hinzukriegen. Kannst du dein T-Shirt ausziehen? Ich muß deine Schultern sehen."

Léa! Nein! Verstehst du denn nicht, ... daß ich ... daß ich *Angst* habe vor deinem Blick?

Schließlich einigten wir uns auf einen Deal: Ich würde die Skizzen zu sehen bekommen. Und dafür hoffentlich entspannter weitersitzen können – schulterfrei.

Es entspannte mich tatsächlich, die Skizzen anzuschauen. Denn was ich darauf sah – zwar unfertig, eilig, kantig –, war kein Monster, keine alte Vettel, sondern eine liebevoll gezeichnete alte Frau. Sie mußte mich *schön* finden, um mich so darzustellen.

Das gab mir genug Gedankenmaterial für die nächsten Stunden.

13

Daß ich mich allmählich entspannte, etwas von meiner Angst und Scham angesichts ihres jungen Körpers ablegte, war nicht die einzige Veränderung. Auch die Spannung zwischen uns wuchs. Unsere Offenheit – unsere Vertrautheit.

Am Abend des folgenden Tages begannen wir endlich darüber zu sprechen. Über unsere Gefühle. Unsere Gefühle uns selbst gegenüber. Wie das war, mit einem alten Körper. Mit einem jungen. Wie Menschen einem begegneten. Wie es sich anfühlte zu altern. Wie es war, jung zu sein.

Damals, heute. Wie Menschen mit Sexualität umgingen, damals, heute, sie, ich, als Alte, als Junge. Was Attraktivität und Anziehung bedeuteten, Schönsein. Waren wir schön? Konnten wir das selbst sehen? Wir sahen es in den Augen der jeweils anderen.

Sie, die Malerin, erzählte mir von den vielen Körpern, die sie gezeichnet und skizziert hatte – und sie sprach von meinem. Ich sah das Leuchten in ihren Augen. Sie sprach von dem, was anders war an meinem Körper. Weil er alt war. Es klang schön, wie sie es sagte. Schildkrötenkörper. Geschichtenkörper, sagte ich. Wir lachten. Wir sahen uns in die Augen. Da war etwas. Sie sagte, wie gerne sie manchmal beim Malen die Hand ausstrecken würde, die Falten zu berühren, die sie gerade malte. Ich sagte, das sei doch nichts Verbotenes. Und daß mir das auch oft so ginge, wenn ich ihr Haar in der Sonne leuchten sehe. Die Linie, mit der ihr Hals aufs Schlüsselbein trifft, erwähnte ich nicht.

Wir sahen einander an, hielten dem Blick wenig stand, suchten ihn aufs neue. Es lag so viel in der Luft. Ich bekam Angst. Meine Befürchtungen waren um uns. Ich konnte spüren, wie sie sich mir näherten. Ich flüchtete mich in ein Lachen. Sie sah auf, erstaunt, ein wenig unsicher, was in mir vorging.

„Ach, weißt du, Léa, wenn ich nicht so alt wäre – oder du so jung –, ich hätte dir längst den Hof gemacht."

So, jetzt war es raus. Es klang dumm, noch dazu, was ich gesagt hatte. Panik stieg in mir auf. Hatte ich alles falsch verstanden, den Bogen überspannt?

Bevor sie reagieren konnte, sprach ich weiter, suchte zu erklären: „So habe ich es nicht gewagt. Es fühlt sich so lächerlich an. Nein, es fühlt sich nicht lächerlich an. Nun, es tut es wegen meines Alters." Tränen stiegen in mir auf, ich wandte mich ab, ging ans Fenster.

Die Anspannung der letzten Wochen brach sich Bahn, meine ganze Unsicherheit und all die Scham, die ich für meinen alten Körper gefühlt hatte. Auch Wut, unendlich viel Wut, daß ich überhaupt Scham gefühlt hatte. Für einen Moment haßte ich mich selbst, daß ich so wenig akzeptieren konnte, wie alles war. Ich bin, wer ich bin – warum sollte ich mich dafür *schämen*?

Wirklich, welch dummes Gefühl! Junge Mädchen fühlen es so oft gegenüber ihrem Körper, manche Frauen ein Leben lang. Es wird uns aufgedrückt, eingeimpft, zusammen mit diesem idiotischen Streben nach dem perfekten Körper. Trotzdem verstehe ich nicht, warum es sich so eingraben kann in unsere Seelen. Warum wir es nicht einfach über Bord werfen (können). Ich verstand nicht, warum es mich jetzt, im Alter, belästigte, obwohl ich doch mein Leben lang relativ frei davon gewesen bin. Was ist das nur für eine Gesellschaft, die ihre Töchter knebelt, sie dazu bringt, sich selbst zu tyrannisieren, statt sie zu stärken und ihnen ein Gefühl für die ihnen innewohnende Schönheit zu geben?

Ich fühlte mich müde, entsetzlich müde und fehl am Platz. Léa? Wo war Léa? In was für einer Geschichte steckte ich hier gerade? Und was brachte das Alter nur für eine Demaskerade mit sich?

Léa stand neben mir, beobachtete mich besorgt. „Bist du okay?“

„Ja, es ist … es ist nichts. Es sind nur … all diese Tage, Wochen, diese ganze Zeit – ich … ich …“

„Schh.“ Ihre Stimme klang zärtlich, so zärtlich. „Meine schöne alte Lady.“ Sie trat an mich heran, ertränkte mich in ihrer Haarflut, hielt mich in ihren Armen. Wiegte mich wie ein Kind. „Genauso wenig habe ich es gewagt.“

Man sollte nicht schreiben, wenn jemand im Sterben liegt. Man hat keine Ruhe. Eben kam Jeans Tochter rein. Wegen irgendeiner Kleinigkeit. Weil sie sich Sorgen macht. Verdammt, ist denen denn nichts heilig?

Gut, sie kann nicht wissen, woran ich gerade schreibe. Aber ist einem denn kein bißchen Romantik vergönnt – so aufs Alter? Verdammte Familien. Es ist wirklich nichts, keine Lebensgefahr (oh, wie makaber), nichts. Sie macht sich Sorgen wegen allem. Manchmal hasse ich Leute, die sich Sorgen machen. Sie haben eine perfekte Entschuldigung für alles. Kann man jemandem vorwerfen, daß er sich Sorgen macht? Wohl kaum. Und doch, ich tue es. Es nimmt einem die Freiheit und die Luft zum Atmen. Den Freiraum, das zu tun, was man tun möchte. Und ich möchte jetzt, todkranker Jean hin oder her, verdammt noch mal in den Erinnerungen an meine Léa schwelgen! Schlimmer noch als meine Mutter. Ja, ich komme ja schon!

So, da bin ich wieder. Ich werde noch mal verrückt an den Menschen. Jetzt aber zurück zu Léa.

Nachdem ich mich ein wenig beruhigt hatte, ging Léa, um Tee und Kaffee zu kochen. Es klang nach einer langen Nacht. Wir setzten uns auf den Balkon. Es tat gut, den warmen Becher in den Händen zu halten, überhaupt etwas zu haben, an dem ich mich festhalten konnte.

Léa zündete sich eine Zigarette an, der Rauch verklärte ihr Gesicht. „Warum hast du angefangen zu weinen?"

Der Klang ihrer Stimme erschreckte mich fast, laut und fremd in der nächtlichen Stille. Warum hatte ich angefangen zu weinen? Ich konnte es selbst kaum beantworten.

„Ich kann es dir nicht genau sagen. Ich glaube, es hat etwas damit zu tun, wie … wie sehr ich dich mag. Und daß dieses Gefühl sich so gar nicht platonisch anfühlt."

Ich nahm mir auch eine Zigarette, freute mich an dem vertrauten, beruhigenden, lange nicht genossenen Moment des Anzündens. „Ich nehme an, das ist recht normal, wenn man sich in jemanden verliebt." Ich schwieg einen Moment. „Aber ich bin mir nicht sicher, ob es angemessen ist, sich in eine so junge Frau zu verlieben, wenn man selbst eine dermaßen alte Schachtel ist." Ich lächelte, doch ich fürchte, es geriet etwas schief. „Ich hatte Angst, es dir zu sagen. Ich hatte Angst, du könntest es abstoßend finden. Daß die Vorstellung dir unangenehm sein könnte, daß mein alter Körper etwas für dich empfindet. Wenn du mein Alter hättest – sicher. Aber so wie die Dinge liegen … Ich hatte Angst, du könntest mich aus deinem Leben verbannen. Weil du vielleicht eine Großmutter in mir gesehen hast oder so was“, fügte ich zögernd hinzu. „Ich hatte Angst, dich zu schockieren.“

Léa lachte bitter auf. „Ich bin jung. Zumindest jünger als du. Aber ich bin nicht naiv.“

Ich lächelte, ein wenig entschuldigend. In gewisser Weise traf sie, was ich meinte. „Dennoch – wie geht es dir, wenn du dir all das anhörst?“

Léa stand auf, lief einige Schritte auf und ab, lehnte sich dann ans Geländer. „Ich weiß nicht so recht. Ich habe noch nie so viel Zeit mit einem alten Menschen verbracht. Klar, mit meinem Großvater und seiner zweiten Frau. Aber das ist nicht zu vergleichen. Die sind so anders als du. Du bist eh anders als alle Menschen, die ich kenne.“ Sie schwieg einen Moment. „Ich war noch nie in einer solchen Situation. Ich habe noch nie eine alte Frau in meiner Wohnung wohnen gehabt. Ich habe überhaupt noch nie jemanden in meiner Wohnung gehabt, den ich so wenig kannte und dem ich so nahegestanden bin.“

Ihre Augen glitten über den Hinterhof, blieben an den Sternen hängen. Sie schien weit weg zu sein. Unvermittelt sprach sie weiter: „Es war meine Entscheidung, dich einzuladen zu bleiben.“

Sie schwieg wieder beharrlich, ehe sie nach langer Zeit weitersprach: „Ich konnte merken, daß etwas in dir vorging, nachdem du eingezogen warst. Aber ich wußte nicht, was es war. Da hat es angefangen, dir zuzusetzen, nicht wahr?“

„Hmm. Ich war sehr froh, daß du mir all den Freiraum gegeben hast, den ich gebraucht habe.“

„Ja, das habe ich gemerkt. Du warst entspannter nach ein paar Tagen. Wie kam es zu der Veränderung?“

Ich erzählte ihr, wie ich versucht hatte, mit meinen widerstreitenden Gefühlen zu Rande zu kommen. „Ich habe beschlossen, daß es okay ist, von dir fasziniert zu sein. Ich habe begriffen, daß du schauen mußt, was du daraus machst. Daß ich mir um den Teil der Geschichte keinen Kopf zu machen brauche. Weil das deine Entscheidung ist.“

„Nun, ich nehme es auf jeden Fall als Kompliment, wenn eine Frau wie du sich in mich verliebt.“ Sie sprach es zögerlich aus, dieses „sich in mich verliebt“, als wolle sie testen, wie es klang. Es klang wundervoll, fand ich.

„Das hatte ich gehofft.“

„Nein, ehrlich.“ Sie sah ernst aus. „Als ich angefangen habe, dich zu malen – nun, eigentlich war das der Grund, warum ich dich malen wollte –, ich wollte dich zu fassen kriegen. Meine Gefühle für dich. Deshalb wollte ich dich auf Leinwand bannen.“ (Wie ähnlich wir uns doch manchmal sind.) „Du hast so viel gemacht in deinem Leben. So viel gesehen von der Welt. Hast deine Bücher geschrieben. Arbeitest bis heute als Photographin, schreibst. Was ein Traum von einem Leben!“

Sie sah mich an, blickte dann haltlos in die Ferne. „Ich wünschte, ich könnte das gleiche von mir sagen.“

Ich mußte lachen angesichts dieser Ungeduld. Wie ich damals. Ich war erstmals ruhiger geworden innerlich, als ich mein erstes Buch geschrieben hatte. Ja, damals war ich zufriedener mit mir selbst geworden. „Vielleicht sagst du ja am Ende deines Lebens dasselbe von dir. Vergiß nicht: Du stehst gerade mal am Anfang.“

Ich sah den Unwillen in ihren Augen, die übergroße Selbstanforderung, schon jetzt jemand zu sein – was auch immer das genau bedeutete. „Ich weiß, wie du dich fühlst. Mir ging es genauso. Vielleicht ist es das, warum ich dich so mag.“

„Weil ich dir ähnlich bin?" Mißtrauen klang in ihrer Stimme.

„Du bist sehr anders als ich, glaub mir. Aber manchmal erinnerst du mich an früher. Da ist so viel Vertrautes, das mir in dir wiederbegegnet. Es hilft mir, dich zu verstehen, all der Jahre zum Trotz, die zwischen uns liegen." Ich schwieg für einen Moment. „Ich wünschte, ich könnte alt genug werden, um mitzubekommen, was du machen wirst. Um dein Leben zu begleiten. Ich würde schrecklich gern sehen, wie du in meinem Alter sein wirst. Du bist sehr anders als ich", bekräftigte ich noch einmal. „Du bist viel zu sehr du selbst, um jemand anderem zu gleichen." Ich betrachtete sie, wie sie da saß, wieder mit diesem Ausdruck von Ungeduld im Gesicht. Die Nacht hüllte sie ein und verschmolz mit ihren Haaren.

„Léa, laß mich dir eine Frage stellen. Egal, was du für mich empfindest – es wird okay sein für mich. Ich war sehr glücklich die letzte Zeit. Nichts muß sich ändern zwischen uns. Dennoch wüßte ich gerne, wie sich das Ganze für dich anfühlt."

„Das war keine richtige Frage." (Léa, du Biest.) Sie wurde ernst. „Ich weiß nicht. Ich weiß es wirklich nicht." Pause. „Du bist ein sehr faszinierender Mensch. Und auf jeden Fall noch immer attraktiv." Pause. „Ich glaube, ich würde dich gerne weitermalen. Und schauen, was passiert."

Erleichterung durchfloß mich. Damit konnte ich leben. Das klang gut.

Ich griff mir noch eine Zigarette, blies den Rauch nach den Sternen. „Idiotisch zu rauchen. Aber es hilft und nimmt mir die Nervosität."

„Du bist nervös?"

Léa schien aus einer Starre zu erwachen, sah mich neugierig an. „Du, die coole alte Lady mit all ihrer Weltgewandtheit, du bist nervös wegen mir?"

Verspottete sie mich? Nein, sie sah mich gespannt an. „Natürlich bin ich nervös, Léa! Ich war die letzten drei Wochen deinetwegen nervös. Eigentlich seit ich dich kenne. Was hast du gedacht?“

„Ich weiß nicht. Du hast auf eine Art immer so distanziert gewirkt. So überlegen. Nichts von all dem, das mich total durcheinander gebracht hat, schien dich zu berühren.“

Wärme durchströmte mich bei diesen Worten. Glück. Ich erinnerte mich plötzlich an jenes Hochgefühl, das ich gespürt hatte – wann war das gewesen? Ganz am Anfang, ich glaube, an jenem zweiten Tag im Café. Und auch danach – wie oft war sie errötet, meinem Blick ausgewichen, hatte ihn gesucht – wie oft hatte mich jene kleine Gewißheit durchzuckt, ehe – ja, ehe ich in meinen eigenen Zweifeln und Bedenken ertrunken war. War es nicht während des Modellsitzens genauso gewesen? Und während unserer Spaziergänge, bei all den Flaschen Wein oder wenn wir Hand in Hand durch die Straßen geschlendert waren? War ich so blind gewesen? Wie hatten mich meine eigenen Gefühle so verunsichern können? Ich war ja beinahe in einer anderen Welt gewesen!

Ich konnte mir schon vorstellen, daß ich tatsächlich zurückhaltend und abweisend gewirkt haben mußte dann und wann. Schließlich habe ich mich krampfhaft bemüht, nicht zuviel an die Oberfläche sickern, zu enge, sinnliche Momente gar nicht erst aufkommen zu lassen. Oder sie zumindest nicht zu deutlich zur Kenntnis zu nehmen. Ja, ich konnte mir schon vorstellen, daß ich mich von meiner kratzbürstigen, altersstarren, unabhängigen Seite gezeigt habe.

Wenn sie tatsächlich etwas für mich empfand – und sollte es auch nur eine Verwirrung sein, eine Irritation bei unseren Blicken, beim Malen meines Körpers –, wenn sie den gleichen Unsicherheiten begegnet war wie ich, nur eben aus der Perspektive der Unerfahrenen, Jungen (denn so hatte sie sich zweifelsohne gefühlt, nach allem, was sie gesagt hatte), dann mußte meine Haltung ein Stück Granit für sie gewesen sein. – Verwirrt und blind! Was war ich doch für eine närrische alte Frau.

Ich glaube, ich habe sie tatsächlich unterschätzt. Sie zu sehr in die Rolle der Jungen, Naiven geschoben. Und sie wohl auch nicht ganz für voll genommen. Was wußte ich denn schon von ihr? Wußte ich, ob sie nicht vielleicht bereits so viele Geliebte in ihrem Leben gehabt hat, daß sie dem Thema letztlich viel näher stand als ich, die ich in Wirklichkeit ja erst durch sie wieder eine Annäherung an Verliebtheit und Sexualität fand?

Arrogant und altersblind bin ich gewesen, egozentrisch in meiner Wahrnehmung! Ein Gefühl von Scham durchfloß mich, von Erschrecken angesichts dieser typischen Alterseigenart. Wenn ich mich endlich einmal bemühte und die fünfzig (nun, neunundvierzig) Jahre, die zwischen uns lagen, beiseite schob, um überhaupt wieder fähig zu werden zu begreifen, wie das war mit fünfundzwanzig …

Ich selbst habe in diesem Alter bereits im Ausland gelebt, mein eigenes Geld verdient, mein erstes Buch veröffentlicht. Die meisten meiner Freundinnen hatten bereits mehrere Kinder, ihre Ehen zeigten zum Teil die ersten massiven Risse. Wenn ich dann noch bedachte, wie reif und selbstbestimmt junge Menschen heutzutage ihr Leben lebten, wie frei in ihrer Sexualität …

Und ich alte Frau meinte, alles besser zu wissen und alles zu verstehen! Schlimmer noch: alles am besten zu wissen. Typisch alter Mensch. Ich sah Léa an – wirkte sie wie ein kleines, unerfahrenes Mädchen, dem ich keine eigene Sicht auf die Welt zutrauen konnte? Schätzte ich ihre Gegenwart nicht angeblich deshalb so sehr, *weil* sie genau wußte, wo sie stand und was sie wollte? Was war ich nur für ein altes Ekelpaket gewesen!

Intuitiv ergriff ich ihre Hand, streichelte die Farbflecken darauf. Da waren sie doch, die Beweise dessen, wer sie war, dieser unbändigen, unabhängigen Kraft in ihr.

„Léa, es tut mir leid. Ich glaube, ich habe vergessen, wie alt man in Wirklichkeit mit fünfundzwanzig schon ist. Von meiner Warte aus gesehen schien es näher an der Kindheit als – an meinem Alter zu sein. Ich habe unrecht gehabt. Fünfundzwanzig Jahre sind immerhin ein Vierteljahrhundert.“

„Sie sind ein Drittel deiner eigenen Lebenszeit.“

„Ja, das sind sie. Ich habe das inzwischen realisiert. Kannst du mir vergeben? Ich war blind und – arrogant, wie das alte Leute manchmal sind. Es tut mir leid. Es tut mir wirklich leid.“

Sie sah mich an; das Mondlicht brach sich in ihren Augen. Sie war schön, so unbegreiflich schön.

„Ich bin schließlich kein Baby mehr.“ Es klang trotzig, beharrend.

Sie hatte ja recht.

„Ich werde es nicht mehr vergessen.“

Sie beugte sich vor und küßte mich.

14

Als ich später in meinem Bett lag, lauschte ich der leisen Musik, die aus ihrem Zimmer zu mir herüberdrang. Ihrer Stimme, die sich dann und wann deutlich von der Melodie abhob und, ihrem eigenen Rhythmus folgend, ihre ganz persönliche Version zum Besten gab. Wirklich, was war ich blind gewesen. Ich fragte mich erneut, wie ich so wenig von ihrer Sicht der Dinge wahrnehmen konnte. Meine Zweifel und meine Angst hatten mir den Blick verstellt. Ich habe vergessen, wie das war – damals mit fünfundzwanzig.

Ich dachte zurück an meine eigene Auflehnung meiner Familie gegenüber und anderen Menschen, die versucht haben, mir zu sagen, wo es angeblich langging. Wie es mich ärgerte, mir anzuhören, wie gut andere wußten, was angeblich das Beste für mich war. Dabei habe ich immer gewußt, was ich will. Ich habe auch keine von meinen berühmten Entscheidungen bereut, vor denen mich alle immer so gewarnt haben. „Das kannst du doch nicht machen. Das geht doch nicht. Du kannst das nicht!" Ungesagt blieb: „Ich kann das nicht, also kannst du es auch nicht. Du sollst es auch gar nicht können!" Nein, bereut habe ich nur die Dinge, bei denen ich dumm genug war, mir reinreden zu lassen. Ich wäre wohl nie hier (oder sonstwo Spannendes) in meinem Leben gelandet, wenn ich mehr auf diese unsäglichen Stimmen gehört hätte.

Was mich immer am meisten an diesen Einmischungen geärgert hat, war die Haltung dahinter: „Wir wissen es besser." Die Arroganz und Anmaßung, für einen anderen Menschen – besser – dessen Leben entwerfen zu können.

Und je älter jemand wird, desto mehr scheint der Glaube zu dominieren, alles am besten zu wissen. Desto mehr gewinnt diese Haltung an Gewicht. Auch scheint es die meisten Alten nicht zu berühren, daß sie sich immer weiter von den Lebensrealitäten entfernen. Immer weniger verstehen von der sich weiterentwickelnden Zeit. Und so jemand will dann der nachkommenden Generation erzählen, wo's angeblich langgeht. Schlimm.

Und ich – ich selbst bin nicht davor gefeit gewesen! Das war und ist ein ganz schöner Schock. Gut, ich habe nicht versucht, Léa reinzureden. Das macht dann doch einen gewaltigen Unterschied, hoffe, nein, meine ich. Aber ich habe sie auch nicht ernst genug genommen.

Fünfundzwanzig – es kam mir so unendlich jung vor!

Wirklich, ich muß vergessen haben, wie das war. Wie ich mich selbst *gefühlt* habe damals. Ich hätte daran zurückdenken sollen.

Mitten in meine Überlegungen hinein klopfte es. Léa stand in der Tür, ihre Bettdecke unter dem Arm. Was war es schön, sie zu sehen! Und so hielt ich sie dann zum ersten Mal in meinen Armen. Nach all den Ungewißheiten und meinen fürchterlichen Zweifeln, nach dieser auch wunderschönen Zeit lag sie neben mir. Ich konnte ihr Herz fühlen, ihren Atem. Es war ungewohnt, wieder einen Menschen so dicht bei mir zu spüren. Ich glaube, ich hätte es dabei belassen. Ich muß schüchtern geworden sein in meiner Zeit der Abstinenz und Trauer. Ich lag neben ihr, das war mir fast genug.

Ich werde nie vergessen, wie sie mich ansah. Wie sie ihre Hände durch mein kurzes Haar wuschelte. Es nahm mir den Atem, dieses bißchen schon. Ihre Haarflut kitzelte auf meinen Armen, bedeckte uns beide. Ich konnte meine Hände nicht davon lösen. Ihre Anwesenheit in meinen Armen zwang mich, meine Großmutter-Mentalität endgültig und unwiderruflich aufzugeben. Es war gut so. Sie war sowieso nicht echt gewesen. Geschweige denn gewollt! Ich wußte nicht einmal, wo diese Gedanken plötzlich wieder herkamen. Schließlich hatte ich wochenlang ganz andere Phantasien und Wünsche gehabt. Léa amüsierte sich köstlich darüber. Und begann dann einfach, mich zu küssen, mitten aus ihrem herrlich spöttischen Gelächter heraus. Ich war zu überrascht, um noch weiter meinen Gedankenspiralen nachhängen zu können oder Bedenken zu haben. Endlich brach alles in mir zusammen. Ich hörte auf zu denken. Endlich einmal wieder. Nach so langer Zeit.

Ich glaube, der schönste Moment war, als Léa aufstand, um Kerzen aus ihrem Zimmer zu holen. Sie verteilte sie überall, verwandelte das Bett in ein Meer aus Licht und Schatten. Sie sagte, sie wolle mich anschauen können. Da fand ich endlich ganz zu mir zurück, zu meiner alten Selbstbewußtheit und Stärke.

Ab da gab es keine Scham mehr. Es gab nur noch Neugier und Genuß. Es war nicht abstoßend, meinen alten, faltigen Körper neben dem ihren zu sehen, nein, es war schön. Wunderschön. Der Gegensatz war kein Gegensatz. Es war – ich fand es fast ergreifend, die verschiedenen Stadien des weiblichen Körpers so dicht beieinander zu sehen. Es lag sicher auch an Léa, an der besonderen Atmosphäre zwischen uns.

Dann verschmolz alles. Im Fühlen gibt es keinen Altersunterschied, wie ich herausfand. Nur noch Genießen, Genießen, Genießen.

Ich habe die ganze Nacht nicht schlafen können. Es war wie Weihnachten und Geburtstag zusammen – damals als Kind. Irgendwann bin ich aufgestanden, habe mich ans Fenster gesetzt und geschrieben. Dann den Vögeln gelauscht und bewundert, wie das Licht der aufziehenden Dämmerung Léas Konturen beleuchtete. Bald den Blick freigab, eine Linie hinzufügte, eine Schattenfläche nahm. Ich hätte sie gerne gemalt. Léa, meine Schöne. Ich fühlte eine unendliche Zufriedenheit.

Im Morgengrauen begann sie mich im Schlaf zu suchen. Also habe ich mich wieder zu ihr gelegt, und unsere Körper fanden sich von neuem. Es geschah wie von selbst. Als könne es nicht anders sein. Als gehöre es so.

Ich muß dann doch eingeschlafen sein, denn das nächste, an das ich mich erinnere, war der Geruch von Tee und Kaffee, der mir in die Nase stieg: Léa stand vor mir, nackt und von der Sonne beschienen, und brachte mir eine Tasse Tee ins Bett.

Wir haben zusammen geduscht und in Bademäntel gewickelt auf dem Balkon gefrühstückt. Ganz wie sich das gehört. Manche Dinge ändern sich scheint's nie.

15

Was folgte, war eine Zeit der herrlichsten Glückseligkeit. Ich kann es wirklich nicht anders nennen. Ich war glücklich. So glücklich, wie ich es nicht mehr gewesen bin seit dem Ausbruch von Aikes Krankheit, mit der all das Leid und die Trauer begonnen haben. Ich war unbeschwert wie damals, als ich noch meinen geliebten Seelenstern hatte. Denn wenn ich auch seither durch das Reisen wieder eine gewisse Zufriedenheit erlangt habe, so war ich doch immer alleine. Die Gegenwart meiner Freunde, sie hat unendlich gutgetan und Trost gespendet. Mut gemacht. Doch einen Menschen zu haben – in meinen Armen …

Wir setzten unser gemeinsames zeitloses Leben fort. In die Zeiten der Paris-Erkundungen und Spaziergänge mischten sich zunehmend Phasen des Malens; um so stärker, je näher Léas Universitätsbeginn nach der Sommerpause heranrückte. Also saß ich ihr viel Modell. Diesmal waren die Stunden des Sitzens unbeschwert, so voll der Spannung und der Zärtlichkeiten. Es war noch einmal eine Zeit des Kennenlernens, des gegenseitigen, offenen Studierens unserer Körper. Meist nahmen wir uns danach Zeit füreinander, für die Nähe, für unsere Sehnsucht, so aufgeladen war die Atmosphäre zwischen uns. Oder wir kochten gemeinsam, endeten bei einer Flasche Wein auf dem Balkon. Manchmal kamen Léas Freunde vorbei, um sie endlich einmal wiederzusehen.

Dann und wann stahl ich mich immer noch alleine in die Stadt, um dem Zauber von Paris nachzuspüren und für mich zu sein. Dann saß ich in einem der kleinen Cafés und genoß den Gedanken an das, was mich erwartete, wenn ich nach Hause kam. Nach Hause – welch ein Wort!

Ja, es war ein Zuhause. Wenn auch ein Zuhause auf Zeit. Wir sprachen nur ganz kurz davon, als der erste Anruf von der Vermieterin kam. Die Nachmieterin war erkrankt, der Einzug würde sich verschieben. Léa hatte mich um die Hüften gefaßt und war einige Drehungen mit mir durch die Wohnung gewirbelt. Es gab uns einen Aufschub, eine Fortsetzung unserer Unbeschwertheit.

Je länger alles ging, desto mehr schlich sich die Frage nach dem „wie weiter?“ in meine Momente im Café. Ich hatte keine Antwort. Manchmal kam Léa, um mich abzuholen, weil ich ihr zu lange fortgeblieben war, und dann entschwanden diese Gedanken wie von selbst. Wenn wir zusammen einkaufen gingen auf dem Heimweg oder den Schlenker über die Seine machten, Hand in Hand im warmen Licht der untergehenden Sonne dahinschlenderten und sie mir aufgeregt von ihrem neuesten Bild erzählte, war kein Platz in meinem Kopf für solche Fragen.

Auch in den Nächten, in meinen Voreinschlafphasen des Nachdenkens, blieb kein Raum für dererlei Gedanken. Mit Léas Körper neben mir, an mich gekuschelt wie ein zweites, jüngeres Ich oder in Zärtlichkeiten mit mir verschlungen wie ein einziger Körper – ich durchlebte anderes in solchen Momenten.

Wir gaben uns so viel, meine Träume waren blaß dagegen.

Mit Jean geht es weiter abwärts, täglich ein bißchen mehr. Wenn er so weitermacht, stirbt er wirklich pünktlich zur Geburt. Mir wird das Ganze langsam unheimlich. Es wirkt alles so planvoll, so zeitlich abgestimmt.

16

Es war wirklich erstaunlich. Ich hatte gedacht, daß spätestens mit dem Auftauchen ihrer Freunde die Probleme beginnen würden. Aber nein, Léa stellte mich mit Namen vor und überließ es jedem selbst, seine oder ihre Schlüsse zu ziehen. Manche wußten Bescheid, andere hatten wohl Ahnungen, andere verließen uns, ohne Einblick genommen zu haben. Ich überließ es Léa, unseren Kontakt im Beisein ihrer Freunde zu gestalten. Alles fügte sich mit erstaunlicher Leichtigkeit. Und mit denen, an denen Léa besonders lag, hatten wir die vergnüglichsten Abende. Es war eine interessante Sache, mit so vielen jungen Menschen zu verkehren.

Ich wurde akzeptiert.

Und doch – auf Dauer konnte es so nicht weitergehen. Es war uns beiden bewußt. Spätestens mit dem Einzug der Nachmieterin würde es zu einer Weichenstellung kommen. Kommen müssen. In der kleinen Wohnung, in der Enge ihres Zimmers, würde es wohl kaum zu einer Fortsetzung der bisherigen Situation kommen. Und selbst wenn die Mitbewohnerin nie erscheinen würde – ich konnte unmöglich auf Monate in einer Wohnung wie dieser leben. Ich überlegte so schon jedesmal, ob es lohnte, die Wohnung zu verlassen. Der Rückweg unters Dach war anstrengend. Selbst jetzt, wo ich mich fit und geradezu beflügelt fühlte, kam ich an die Grenze meiner Leistungsfähigkeit mit diesen unzähligen Stufen. Nein, so konnte keine Alterswohnung für mich aussehen.

Eben kam ein ganz besonderer Brief von Léa. Ich habe sie irgendwann einmal gefragt, wie es kommt, daß sie mich fürchterlich altes Weib zu ihrer Auserwählten gemacht hat. Damals hat sie nur geantwortet: „Ach, meine Herbstzeitlose." Sie verwandte das deutsche Wort für diese Blume, die ich ihr bei unserem Ausflug ins Pariser Umland gezeigt und deren englischen Namen ich nicht gewußt hatte. Mir gefiel das Bild, und so fragte ich nicht weiter nach. Auch wollte ich sie nicht bedrängen. Seit ich Paris verlassen habe, ist mir die Frage dennoch verstärkt durch den Kopf gegangen. Heute kam eine ausführliche Antwort von ihr.

> Meine schöne alte Lady,
> Du hast mich vor einigen Wochen gefragt, was mich an Dir fasziniert. Weißt Du noch, wie ich Dich meine Herbstzeitlose nannte? Ich habe viel darüber nachgedacht und keine treffendere Art gefunden, es Dir zu beschreiben.
> Anfangs hast Du mich an einen alten Baum erinnert. Deine Ausstrahlung hat in mir das Bild eines dieser riesigen, verwachsenen Bäume mit ihren mächtigen Blätterdächern heraufbeschworen. Da war so eine unglaubliche Impression von Stärke und innerem Frieden.

Dann haben wir diese Blume auf unserem Ausflug entdeckt. Herbstzeitlose hast Du sie genannt. Je mehr Du mir von ihr erzählt hast, desto mehr war mir, als lauschte ich einer Beschreibung von Dir.
Du sagtest, sie blühe im Herbst, gegen jeden üblichen Rhythmus. Sie ist wie Du. Du scherst Dich auch nicht um Konventionen. Du lebst, wie es Dir entspricht. Und wenn ich denke, wie unbequem Du bisweilen gewesen sein mußt in Deinem Leben! Bestimmt auch richtig unangenehm, wenn man sich mit Dir anlegt. Wie eine Herbstzeitlose, die man zu pflücken versucht – gar nicht ratsam bei einer giftigen Pflanze!
Ich bin sicher, es gibt Leute, die nicht in der Lage sind, Dich zu würdigen. Genauso wie sie nicht fähig wären, die Schönheit einer Herbstzeitlose zu sehen. Aber wen kümmert das? Dich nicht, das weiß ich. Und ich – nun, ich hatte Gelegenheit, die Schönheit des purpur blühenden Gifts zu erleben.
Sie hat mich verzaubert.

Weißt Du, was ich so an Dir mag, ist, daß Du immer noch innerlich wächst. Dich hinterfragst. Daß Du so lebendig geblieben bist. Du bist nicht wie andere alte Menschen. Nicht, daß ich viele kenne, aber ich höre eine Menge Geschichten über die Großeltern meiner Freunde. Wir haben uns oft über das Thema unterhalten, seit Du fort bist.
Alte Leute tun häufig so, als hätten sie die Weisheit mit Löffeln gefressen. Als wäre ihr Blick auf die Dinge der einzig wahre. Sie meinen, was gut für sie gewesen ist, sei auch gut für alle anderen.
Du hast nicht diese fürchterliche Angewohnheit zu missionieren. Du hast Deinen großen Fundus an Lebensweisheit, aber Du überläßt es einem selbst, ob man davon schöpfen möchte oder nicht.

Dann ist da natürlich Deine Einzigartigkeit. Die Art und Weise, wie Du Dein Leben lebst. Diese unglaubliche Ausstrahlung, die Du immer noch hast. Das Strahlen in Deinen Augen. Dein Humor.
Weißt Du, es macht Mut, das zu sehen. Es nimmt mir die Angst, daß das Leben vorbeisein könnte ab einem gewissen Punkt – lange, ehe man tot ist.
Oh, ich kann Dich vor mir sehen, mit diesem Ausdruck von Verschmitztheit auf Deinem Gesicht, den ich so an Dir liebe. Ich wünschte, ich könnte die Hand ausstrecken und Dich berühren! Ich wünschte, Du wärst hier.
Es ist schwer zu erklären, warum man jemanden mag. Letztlich ist es einfach dieses Gefühl im Bauch. „*Gut feeling*" – ist das nicht das Wort, das Du mir beigebracht hast?

Ich hoffe, es geht Dir gut.
Fühle Dich umarmt und geküßt.
Du fehlst mir.

Léa

P.S.: Und ich mag Deine Falten. Sie sind so sehr Ausdruck dieses reichen und erfüllten Lebens, das Du gelebt hast. Gleich der Rinde eines alten Baumes. Meine schöne alte Lady. Meine Herbstzeitlose. Ich vermisse Dich.

O Léa! Léa, Léa, Léa.

Ich konnte gestern nicht weiterschreiben. Wie soll ich schreiben angesichts eines solchen Briefes?

Ich mußte raus. Mich bewegen.

Da ich mich nicht allzu weit von Jean entfernen wollte in seinem derzeitigen Zustand, bin ich in den Garten. Dort habe ich Runde um Runde gedreht, bin auf- und abmarschiert wie ein angeschossener Tiger. Alles wirbelte durcheinander in meinem Kopf. In meinem Magen. Mein Herz schmerzte so fürchterlich. Es schmerzte wie damals, als ich Paris frisch verlassen hatte.

Léa, meine Liebe. Was habe ich getan?

17

Schließlich erfuhren wir den voraussichtlichen Einzugstermin dieser Frau. Uns blieb noch eine Woche. Vielleicht einige Tage mehr. Léa sah in der Enge weniger ein Problem. Ich konnte es mir nicht vorstellen. Fünfzig Jahre schaffen eben doch einen unterschiedlichen Blickwinkel. Wir saßen in der Küche, herausgerissen aus unserer Zeitlosigkeit, unserer Unbeschwertheit. Wegschauen half nicht mehr.

Léa fand, ich solle mir auch ein Zimmerchen nehmen, hier in Paris. Bei ihr bleiben. Hier schreiben. Der Gedanke war mir überraschend fern. Was sollte ich hier? Sollte ich in Paris mein neues, letztes Leben beginnen? Ich kannte niemanden, außer Simone, die sich zweifelsohne freuen würde. Und eben Léa. Welch Kombination! So hatte ich mir das nicht vorgestellt.

Léas Leben würde wieder seinen eigenen Lauf nehmen; sie würde studieren, malen, Freunde treffen. So sehr sie mich als Teil all dessen empfand – ich sah mich in einem kleinen Zimmer, umgeben von Großstadt und Gestank und Menschen, deren Sprache ich nicht sprach. Ich wollte eine Hündin, endlich wieder eine Hündin. Hier, inmitten dieser Wüste aus Stein und Beton? Ich versuchte Léa die Absurdität des Ganzen klarzumachen, die Unmöglichkeit, in einer solchen Stadt zu *leben*. Man kann schließlich auch einen alten Baum nicht in eine fremde Umgebung plazieren. Ich würde genauso vor mich hinkränkeln. Ich müsse ja nicht auf Dauer, für immer hierbleiben. Für eine Weile, einen Anfang …

Für eine Weile, für einen Anfang. Beginnt man so oft und so leicht ein neues Leben? Ich hörte die Frage aus meinem eigenen Mund und erschrak – ich habe so oft ein „neues Leben" begonnen, an einem neuen Ort mich niedergelassen. Für kurz, für lang. Es war immer normal. Léa hörte sie auch, meine Worte, und sie verstand. Sie sah mich an, hielt inne in ihrer Flut von Argumenten, die mich zum Bleiben bewegen sollten, und nahm mein Gesicht in ihre Hände. Sie strich meine Falten entlang, zog mit ihrem Finger die Linien meines Lebens nach.

„Du bist alt geworden. Du hast recht, meine schöne alte Lady. Ich habe es nicht bedacht. Diesmal habe ich nicht genug nachgedacht. Es ist Zeit für dein kleines Häuschen und deinen Hund. Such dir das Zuhause am Meer, von dem du mir so viel erzählt hast. Aber halt mir ein Plätzchen bei dir frei." Tränen standen ihr in den Augen. Ihr Kopf lehnte schwer gegen meinen.

War es das, was ich wollte? Die Einsamkeit eines kleinen Zuhauses, statt der Zusatz zu ihrem Leben zu sein? Ich wiegte sie sacht, während ich versuchte, einen klaren Gedanken zu fassen. Ich konnte es nicht. Lauernd stand die Angst bereit, wie lange es wohl noch gutgehen konnte mit uns beiden. Wann die Wucht der verschiedenen Perspektiven und Lebensalter auf uns niedersausen würde – und dann? Alleine in Paris? In all dem Schmerz noch einmal neu aufbrechen? Ob ich dazu die Kraft haben würde? Und was, wenn mir etwas geschah, wenn ich mich unversehens von der rüstigen, unternehmungslustigen Frau in eine bettlägerige Kranke verwandeln würde? Was dann? Dann alleine in Paris? Entsetzen schnürte mir die Kehle zu bei diesem Gedanken. Nein, das konnte, das durfte nicht meine Perspektive sein!

Ich dachte an meine Überlegungen, an jenen weit zurückliegenden Tag, an dem ich in Paris ob meiner Gedankengänge am falschen Ort gestrandet war. Damals hatte ich – welch Ironie – über genau diese Entscheidung philosophiert. Ich ahnte ja nicht, wie direkt mich dieser Tag (an dem ich mit Léa im Jardin du Luxembourg verabredet gewesen war) an einen solchen Entscheidungspunkt bringen würde! Hier saß ich nun und zermarterte mir wegen genau dieser Frage das Hirn: Sollte ich mich noch einmal den Fügungen des Lebens anheimgeben oder war es nun im Alter, bei dieser letzten großen Kreuzung, endgültig an der Zeit, meinem wohldurchdachten Plan zu folgen?

Ich erinnerte mich an die Müdigkeit, die ich damals so häufig und erschlagend gefühlt hatte. Auch wenn ich nun eine Weile von ihr verschont gewesen war – wie lange würde meine Verliebtheit sie noch von mir fernhalten? Was, wenn sie hernach mit um so größerer Macht über mich hereinbrach?

Meine Gedanken glitten zu dem Häuschen am Meer, dem kleinen unbekannten Küstenort, den ich mir hatte suchen wollen, und zu dem Wesen Hund, von dem ich so dringlich träume. Ich spürte einen gewissen Frieden in mir aufziehen bei dieser Vision, hörte das Rauschen der Brandung und roch den unwiderstehlichen Geruch von regennassem Gras. Das Warme in meinen Armen – täglich und zuverlässig würde ich diese Wärme in meinen Armen fühlen. Bei den Spaziergängen auf dem Deich und an den ruhigen, gemütlichen Abenden in meiner Stube von meiner Hündin begleitet sein. Das Warme in meinen Armen – Léa bewegte sich, die Bilder zerplatzten. Ich saß in Paris, hielt das Glück meines Alters in den Händen und entschied mich – für das Meer.

Ich hatte heute ein sehr aufschlußreiches, aber auch bedrükkendes Gespräch mit Jean. Es ist ja inzwischen selten, daß er überhaupt viel spricht, aber heute war er erstaunlich klar und mitteilsam. Er erzählte mir, er habe davon geträumt, daß er auf der Insel spazierengegangen sei. Er sei an all seinen Lieblingsplätzen vorbeigekommen, und es sei sehr schön, sie noch einmal gesehen zu haben. Dabei hatte er wieder dieses zufriedene Lächeln, das mich langsam fast wütend macht. Ich habe bis heute nicht verstanden, was ihn so außerordentlich zufrieden macht bei dem Gedanken zu sterben.

Heute hatte er also wieder dieses Lächeln, und ich fragte ihn, wieso er so froh sei, sie noch einmal gesehen zu haben. Er könne doch sicher bald wieder selbst dorthin gehen, anstatt nur von ihnen zu träumen. Ich weiß, daß es unwahrscheinlich ist, aber dieses ganze Gewarte auf den Tod macht mich wirklich wahnsinnig inzwischen. Immerhin könnte es doch sein, daß er sich noch einmal berappelt, unabhängig davon, was der Doktor sagt!

Er sah mich an, als hätte ich den Verstand verloren.

„Weißt du nicht, daß ich bald sterbe? Hat dir meine Tochter nicht erzählt, was der Arzt sagt?"

Ich habe ihn beinahe angefahren. Ich dachte, meinen Ohren nicht zu trauen. Das klang ja fast wie ein Befehl zu sterben!

Ich sah ihn an, versuchte in seinem Gesicht zu lesen.

„Jean, willst du sterben?"

Er nahm meine Hand, hielt sie in der seinen. Zwei alte, faltige Hände. Ich mußte an Léa denken, an ihre glatte, junge Hand in meiner. Er wartete, bis er wieder meine volle Aufmerksamkeit hatte. Er besitzt wirklich eine unglaubliche Sensibilität in letzter Zeit.

„Ich werde dir etwas erzählen, meine Liebe, und du wirst dieses Geheimnis für dich behalten."

Er wartete, bis ich nickte und es versprach.

„Meine Familie braucht davon nichts zu wissen. Sie würden es eh nicht verstehen."

Er machte eine Pause, und ich dachte schon, die Klarheit begänne wieder aus seinem Geist zu weichen, wie so oft in den letzten Tagen – einfach so, manchmal mitten in einem Satz. Doch er sprach weiter.

„Ich weiß, daß es Zeit für mich ist zu gehen."

Er sah mich an, streichelte meine Hand. „Ich bin zu müde, um noch länger zu leben." Pause. „Ich war mir dessen nicht bewußt, ehe du hergekommen bist. Aber jetzt bin ich mir sicher."

Erschrocken sah ich ihn an. Er schien mich jedoch kaum zu bemerken.

„Da ist so viel Müdigkeit in mir. Alles um mich herum geschieht so schnell. Es macht mir immer mehr Mühe, mitzukommen, nicht den Anschluß zu verlieren."

Mechanisch tätschelte er meine Hand, schien den Faden zu verlieren und sah mich dann erneut an. In seinen Augen lag eine unglaubliche Gequältheit.

„Warum sollte ich gegen all das ankämpfen? Wofür? Du wirst gehen. Ich werde wieder alleine sein."

„Du hast doch deine Familie und deine Freunde."

Er überhörte meinen Einwand.

„Du wirst gehen. Ich werde niemanden mehr zum Reden haben. Niemanden, der bei mir ist und sich mit mir unterhält. Sie sind alle so schnell und hektisch. Sie kommen und gehen. Manchmal brauche ich Zeit, um zu begreifen, daß jemand da ist. Es macht mich glücklich. Und dann erzählt mir meine Tochter, daß sie längst wieder gegangen sind." Er zuckte hilflos mit den Schultern. „Ich liebe sie. Aber es ist schwer für mich, sie zu verstehen. Sie sind zu schnell für mich." Traurigkeit lag in seinem Blick, Verlorenheit.

Ich versuchte ihn anzusprechen, doch er hörte mich nicht. Sein Blick fing sich am Fenster. Nach einer langen Pause – ich dachte schon, er hätte das Gespräch bereits vergessen – fuhr er fort.

„Schau nach draußen. Bald ist Herbst. Der Winter ist kalt. Meine Knochen werden schmerzen. Draußen wird alles karg sein. Nichts zum Anschauen. Du wirst weg sein. Ich habe lange darüber nachgedacht. Erzähl ihnen nichts. Sie würden es nicht verstehen. Ich weiß, daß es Zeit ist zu gehen."

Ich setzte an, um etwas zu sagen, doch er bedeutete mir zu schweigen.

„Dann hat all dieser Schmerz wieder angefangen. Hier und hier." Er zeigte vage auf seinen Bauch. „Ich habe niemandem davon erzählt. Ich will nicht ins Krankenhaus. Ich will nicht im Krankenhaus sterben oder in so ein schreckliches Altersheim gesteckt werden. Nein, es ist Zeit zu gehen."

Meine Frage nach den Schmerzen ignorierte er. Winkte ab.

„Du hast versprochen, nichts zu sagen."

„Jean! Ich muß!"

„Nein, es ist zu spät, meine Liebe. Ich habe mit ihm gesprochen. Er gibt mir Zeit, bis mein Urenkelkind geboren ist. Nicht viel länger."

Mit dem Vertrauen eines Kindes sieht er mich an. „Nur noch ein paar Tage. Das hat er gesagt."

Ich strich ihm über den Kopf, für einen Moment unfähig, etwas zu sagen. Dann war es zu spät: Er versank bereits wieder in seiner eigenen, entrückten Welt. Also redete ich ihm nur gut zu, streichelte seine Hand.

Meine Gedanken liefen wirr durcheinander. Auch jetzt noch tue ich mich schwer mit der Entscheidung, die ich getroffen habe. Ist es richtig zu schweigen? Sollte ich nicht zumindest mit dem Arzt reden? Und doch – ich weiß, wie recht Jean hat. Sie werden ihn in ein Krankenhaus bringen. Vielleicht anschließend in ein Heim. Die Chancen stehen gut für beides. Er hat deutlich gesagt (mehr als einmal und bereits lange vor seinem plötzlichen Abbau), daß er zu Hause sterben möchte.

Ich habe beschlossen zu schweigen. Zumindest bis zur Geburt des Kindes. Wenn er dann stirbt, wäre es vermutlich sowieso zu spät gewesen. Ich hoffe sehr, das Richtige zu tun.

Ich weiß, ich bin Jeans Familie nicht verpflichtet. Er hätte nie zu mir gesprochen, wenn er sich nicht sicher wäre, mir absolut vertrauen zu können. Auch habe ich ihm mein Wort gegeben. Und wäre ich an seiner Stelle – ich würde auch

Schweigen erwarten von jemandem, dem ich ein solches Wissen anvertraue.

Er hat recht, das Alter gibt einem ein anderes Verständnis, untereinander und von der Welt.

Sei gewiß, Jean, ich werde schweigen.

Ich kann nicht schlafen. Jeans Worte gehen mir nicht aus dem Kopf. Er hat so lange nicht mehr wirklich gesprochen. Vielleicht naht tatsächlich das Ende.

Es hat mich merkwürdig berührt, was er zu mir gesagt hat. Ich frage mich, ob es vor diesem Hintergrund gut war, daß ich hergekommen bin. Daß ausgerechnet unsere gemeinsame Zeit ihn zu seinem Entschluß gebracht hat!

Der Gedanke schmerzt.

Letztendlich war es vermutlich einfach eine Hilfe zur Bewußtwerdung. Der Gegensatz wird zu offensichtlich gewesen sein. Vermutlich war es das letzte Geschenk, das ich ihm machen konnte, diese gemeinsam verbrachte Zeit.

Ein seltsames Geschenk. Ich wünschte, ich hätte ihm ein positiveres machen können. Eines mit positiverer Konsequenz! Vielleicht vergesse ich aber auch zu sehr Jeans Perspektive. Seine Zufriedenheit. Die Ruhe und – ja, wirklich: Zufriedenheit, mit der er nun auf den Tod wartet. Auf den Tod, mit dem er gesprochen hat. Oh, Jean.

18

So fand ich mich wieder im Zug. Weg von Paris. Wochen später als geplant und mit Tränen, die unaufhörlich liefen. Sich weigerten zu versiegen. Vor mir, in mir stand unaufhörlich das Bild von Léa. Léa, meine Léa.

Sie hatte mich zum Zug gebracht. Ich hielt sie in meinen Armen, dieses wahnsinnige, letzte Mal. Ich spürte ihre Brüste an den meinen, preßte mich an sie. Zwischen uns hing die Erinnerung an die Liebe, die wir am Morgen geteilt hatten, durchflutete mich mit Macht. Ich hielt sie in meinen Armen, beschützend an mich gedrückt, und klammerte mich zugleich an sie wie eine Ertrinkende. Ich wußte nicht, was sagen – was konnte ich jetzt noch sagen? Gab es etwas, das es jetzt noch zu sagen gab, nach all diesen Wochen, diesen Nächten, diesem Glück? Ich vergrub mein Gesicht in ihren Haaren, hielt ihren Nacken umfangen. Ich weiß noch, wie zierlich er mir erschien. Ich glaube, ich küßte die Strähnen ihres Haares, ihre Stirn. Ich konnte sie nicht anschauen, zu groß war der Schmerz. Die Ansage erklang. Ich wollte sie nicht hören. Sie konnte nicht uns meinen, vielleicht ein anderer Zug … Ich wollte Léa nicht loslassen, es konnte nicht sein. Léa, was haben wir getan?

Léa löste sich von mir, fast gewaltsam schob sie mich einen Schritt von sich weg, sah mich an. Léa! Sie küßte mich, preßte sich an mich, ihre Lippen auf den meinen, der Schaffner – was will er von uns? Sie schob mich die Stufen hoch, „Du wirst noch deinen Zug verpassen." Wir ließen einander nicht los, ihr Gesicht lag in meiner Hand, barg sich darin, wie so oft des Nachts ihr ganzer Körper. Tränen liefen uns über das Gesicht. Dabei haßt Léa es zu weinen. Léa, was haben wir getan? Hast du gewußt, daß es so weh tun wird? Léa nickt, sie weiß es, sie hat es gewußt, was bin ich dumm gewesen. Habe ich das entschieden, diese Grausamkeit? Léa lächelt mich an. Ich glaube, sie weiß, wie es mir geht, kann spüren, wie es mir das Herz zerreißt. Zwischen den Tränen formen sich Worte, ich kann sie nicht hören, der Schaffner pfeift zu laut. Sie sagt etwas von „Telefonnummer". Was soll ich damit? Ich verstehe nicht, sehe nichts, spüre nur das dumpfe Krachen der Tür. Draußen winkt Léa, hüpft in ihrer unbändigen Art auf und ab. Mir schwindelt, und die Tür verschwindet vor meinen Augen. Alles dreht sich. Ich bin blind vor Tränen.

Eine junge Frau brachte mich zu einem freien Platz. Paris versank. Und mit ihm Léa.

Wie lange ist das nun her? Ich habe den Überblick über die Tage und Wochen verloren. Ich glaube, die Zeit war kürzer, als sie mir erschien, aber diese Existenz in der Doppelwelt meines Schreibens und des Sterbens von Jean hat sie merkwürdig in die Länge gezerrt. Ich bin mir immer noch nicht sicher, ob es eine gute, die richtige Entscheidung war. Sagen wir so: Sie schmerzt immer noch sehr.

Und doch – die Wochen mit Jean haben mir gut getan. Sie haben mir das Gefühl gegeben, wieder in meinem eigenen Leben angekommen zu sein. Nicht, daß ich nicht bei mir war in der Zeit mit Léa. Aber ich habe mit einem Mal ein Leben geführt, das herausgerissen war aus dem Davor. Junge Leute haben andere Probleme. Andere Ansichten. Und so sehr ich das geschätzt habe – es kommt mir ehrlicher vor, mich meinem Alter zu stellen und den Ideen, die ich für diesen letzten Abschnitt meines Lebens habe.

Die Zeit mit Jean hat mir Frieden gegeben und Zuversicht, Trost. Sie hat mich viel gelehrt über das Alter. Über die Dinge, die wichtig sind im hohen Alter.

Ich möchte nicht irgendwann alleine sein. Verlassen von meiner Léa oder geschlagen mit einer Krankheit, umgeben von Fremden. Ich möchte meine Freunde zusammentrommeln und mit ihnen leben.

Ja, so soll es sein. So möchte ich leben. So möchte ich sterben.

Doch erst gilt es, Jean einen würdigen Abschied zu bereiten.

Blume, blätterlos

Wolken ziehen, ein leichter Wind überweht die Szenerie. Erste Blätter fliegen. Das Meer klatscht wild, wie aufgewühlt gegen den Fels, das Schlagen der Brandung tönt bis hier hoch. Der Zug der Trauernden schiebt sich langsam die Straße hinunter, am gegenüberliegenden Hügel hinauf – hinaus aus dem Dorf. Der Wind nimmt zu, fegt mit ungebrochener Macht auf dem nun nicht mehr von Häusern gesäumten Weg. Ein Säugling schreit. Schreit den zarten, durchdringenden, noch schwachen Schrei eines Neugeborenen. Er treibt der alten Frau die Tränen in die Augen. Jean hat gesiegt. Der Tod hat Wort gehalten. Er hat ihn erst geholt, nachdem er sein Urenkelkind gesehen hat.

Ein Mädchen. Ein kleines Mädchen, zart und zerbrechlich wie Jean. Gesund und munter, stark im Vergleich zu dem alten Mann. Er hat sie lächelnd begrüßt, als seine Enkelin sie ihm an sein Krankenlager gebracht hat. Er ist zu schwach, das Kind im Arm zu halten. Also hat sie sie ihm auf den Bauch gelegt, ihre Tochter, ihm, ihrem sterbenden Großvater. Er war klar und lag ganz still, um das kleine Wesen voll Leben da auf seinem Bauch nicht zu erschrecken.

Unauffällig haben die anderen den Raum verlassen, einer nach dem anderen, um vor der Tür ihre Tränen zu erstikken. Die alte Frau ist stehen geblieben und hat ihn betrachtet, ihren Freund, wie er dort lag mit dem Kind und seiner Enkelin. Auch er hat Tränen in den Augen gehabt. Tränen der Freude und des Abschieds.

Doch Jeans Körper will nicht sterben. Mit einem Mal kommt noch einmal Leben in ihn. Als hätte das kleine Wesen neue Kraft zu ihm gebracht. Man erwartet seinen Tod – in der ersten Nacht. Nichts geschieht. In der zweiten Nacht – sie spürt es genau, das Warten. Das In-der-Luft-Hängen der Angehörigen. Sie sitzt bei Jean und freut sich über seine Fragen nach dem Leben. Seine Enkelin kommt oft, das kleine Mädchen liegt zufrieden auf Jeans Bauch. Unschicklich, ja pietätlos sei das – sie kümmern sich nicht darum. Jean ist glücklich. Das ist alles, was zählt.

Die alte Frau denkt zurück an jene letzten Stunden, jetzt, wo sie sich den Hügel hoch kämpft. Es fällt ihr schwer zu gehen. Mit der Trauer ist die alte Müdigkeit zu ihr zurückgekehrt. Sie spürt die Wochen des Schreibens und Wachens. Die Tränen erschweren ihr die Sicht, der Weg ist uneben und steil für sie. Eine Hand schiebt sich unter ihren Arm, stützt sie. Es ist Jeans Enkelin. Sie lächelt sie stumm an, die andere drückt ihr liebevoll die Hand.

Der Friedhof ist alt und schön. Große, windgezauste Bäume wachen über den Gräbern, keltische Kreuze. Sie spürt, wie Ruhe und Trost sich in ihr ausbreiten. Neben ihr rumpelt der Kinderwagen. Dann stehen sie da, vor ihnen gähnt das leere, dunkle Loch von Jeans Grab. Der Priester redet. Er redet lange, und ihre Gedanken schweifen ab. Was weiß er schon? War er dabei – in jenen Stunden des Harrens, der kleinen Freuden mit Jean? Er ist lächelnd gestorben, nachts im Schlaf. Nach vier, fünf Tagen war sie dann doch vorbei, seine Kraft.

Sie war wie immer bei ihm gewesen am Abend zuvor. Hat sie es geahnt? Sie weiß es nicht mehr.

Sie saß an seinem Bett. Jean bat sie zu sich auf die Bettkante. Er sah klein aus, wie geschrumpft in seinem Kissenberg. Die Augen groß in den dunklen Höhlen und in dem ausgemergelten Gesicht.

„Meine Liebe."

Es dauerte eine Weile, ehe er weitersprach. Sein Atem ging rasselnd.

„Danke für diesen letzten Sommer, den du mir geschenkt hast. Für diesen letzten Frühling in meinem Herzen."

Sie sah ihn warm an, voller Liebe und Zuneigung.

„Hab Dank für deine Freundschaft, Jean."

Er war eingeschlafen bald darauf, in seinen Kissen versunken. Am nächsten Morgen war er tot.

Sie denkt an die Schmerzen, die er verschwiegen hat. Und sie auch. An seine Worte über sich und den Tod. Seinen Willen zum Abschied. Ob alles gut ist? So, wie es ist, für Jean, jetzt, nach seinem Tod?

Die Erde fällt auf den Sarg. Seine Enkelin steht da, ihr Kind auf dem Arm. Dann tritt auch sie selbst vor. „Asche zu Asche, Staub zu Staub." Die Erde fühlt sich weich und krümelig an in ihrer Hand. Sie fällt leicht auf den Sarg, fast ohne Geräusch. Langsam tritt die alte Frau zurück.

Was wird sie nun tun? Es ist Zeit zu gehen, auch für sie. Ihre Pläne stehen fest, die Entscheidung ist getroffen.

Der Wind überweht die Szenerie. Er trägt den Geruch des Meeres mit sich. Die Bäume rauschen, die Blumen stehen – blätterlos.

III

Der Geruch von Tee durchzieht die Küche. Es ist warm und gemütlich. Die Fenster sind leicht beschlagen von dem Dampf, der aus ihrer klammen Kleidung dringt. Draußen, in der Kälte, ertönt ab und an der durchdringende Ruf der Möwen, die sich hinter den Deich verirrt haben. Sie reibt sich die Hände, versucht die kalten, blutleeren Finger aufzuwärmen. Die Hündin beobachtet sie von ihrem Platz aus, verfolgt jede ihrer Bewegungen. Sie beugt sich hinunter und streichelt das Tier, das sich nun entspannt zurücksinken läßt. Bald darauf zucken die Beine, die Hündin jifzt im Schlaf. Gerührt sieht sie sie an, ihre kleine Schakalin, voll Liebe und Dankbarkeit. Es ist schön, mit dem Tier zu leben. Sie liebt die Spaziergänge und die unverbrüchliche Zuneigung, die sie bekommt.

Die alte Frau läßt sich treiben und denkt zurück an den Rausch der Freiheit – die unendliche Weite um den Deich: hier das Meer, ihre große Liebe, und dort die Felder und Wiesen unter dem endlosen Horizont. Der Wind war kalt und heftig, er hat sie zurückgetrieben in die Gemütlichkeit ihres Häuschens, nach Stunden des Laufens. Ein Blick auf die Uhr. Ja, es war höchste Zeit, daß sie zurückgekommen sind.

Das Klopfen an der Tür reißt sie aus ihrer Tätigkeit. Erschrocken fährt sie hoch, Aufregung macht sich blitzartig in ihr breit. Sie stößt beinahe ihre Tasse Tee um – was, jetzt schon? Doch es ist nur Mirjam, die hereinschaut. Sie sinkt wieder in sich zusammen, entspannt sich. Der Hund hebt nur müde ein Auge, schläft weiter. Na, dann konnte es ja auch nicht …

Mirjam setzt sich zu ihr, amüsiert sich über ihre Nervosität. Ja, sie hat gut reden! Sie sitzen beieinander, plaudern und besprechen die Einkäufe. Sie ist nicht recht bei der Sache, und schließlich gibt Mirjam auf. Das hat ja auch noch Zeit. Wieder ein Klopfen. Sofort kehrt ihre Anspannung zurück. Christín kommt herein, auch sie schaut vorbei, um ihr die Zeit zu verkürzen. Sie sieht sie an, ihre beiden Freundinnen, und muß lachen angesichts der Erwartung, die sich auf ihren Gesichtern abzeichnet.

Nach einer Weile erträgt sie keine Gesellschaft mehr, dafür ist ihre Nervosität zu groß. Sie wirft ihre beiden Freundinnen hinaus. Sie muß jetzt alleine sein. Zögernd ziehen sie ab, Christín erst nach einer weiteren Umarmung. Liebevoll schaut sie ihnen nach, wie sie sich durch die Kälte zu ihrem Haus kämpfen.

Noch eine Kanne Tee, das beruhigt. Vielleicht. Trotz allem ist es eine angenehme Nervosität. Sie empfindet es als Privileg, sie spüren zu dürfen. Diesen Anlaß zu haben. Ihr Blick gleitet durch den Raum, bleibt kurz an dem schlafenden Tier hängen, setzt dann seine Betrachtung fort: Ja, es ist alles bereit. Ihr Zuhause lädt wirklich zum Wohlfühlen ein.

Sie liebt diesen Küchenraum, den man betritt, wenn man von draußen hereinkommt. Eigentlich ist es der Dienstboteneingang des niedrigen, langgestreckten Häuschens. Jetzt ist es ihre Haustür, der Zugang zu ihrer Wohneinheit. Sie sitzt gerne hier. Der Blick aus dem Fenster ermöglicht die Sicht über den Hof, so sieht sie immer, wer kommt und geht. Im Sommer sitzen sie viel draußen, unter der Laube oder in kleinen Grüppchen auf den Bänken unter den Küchenfenstern. Alle Türen stehen offen und … Ah, da ist Theo. Mal sehen, wo er hingeht. Ach ja, zu Katrin. Natürlich. Wohin auch sonst? Immer wenn Albert nicht zu Besuch ist, geht er hinüber. Er sagt, er fühlt sich so allein ohne seinen Freund. Sie ist ganz froh, daß sie mehr Frauen als Männer in ihrer Gemeinschaft haben. Sie genießt das Leben unter Frauen. Auch wenn sie die Anwesenheit ihrer Freunde nicht missen möchte! Es ist schön, daß Christín nun zu ihnen gezogen ist. Nach dem Tod ihres Mannes hat sie sich aufgemacht, ganz aus dem Süden, hier hoch an die Küste. So leben sie wenigstens im Alter zusammen.

Sie ist wirklich ausnehmend zufrieden damit, wie sich alles entwickelt hat. Auch wenn es manchmal weiß Gott nicht einfach war. Hat es schon in jüngeren Jahren Schwierigkeiten in Projekten gegeben, verschiedene Vorstellungen, wie das Zusammenleben oder die politische Arbeit zu gestalten ist – nun, diese Prozesse haben sich mit steigendem Alter, mit wachsendem Altersstarrsinn gehörig potenziert. Trotz der unabhängigen Wohneinheiten, die sie bewohnen. Die Menschen sind einfach geistig so viel unbeweglicher im Alter! Wenn sie ehrlich ist – es hat schon Momente gegeben, in denen sie knapp davor war, alles hinzuschmeißen. Sich umzudrehen und zu gehen. Zurück in ihre so viel einsamere, aber selbstbestimmtere Ungebundenheit. Wäre da Charlotte nicht gewesen …

Charlotte war eine der ersten, die zugesagt hatte. Sie war wie berauscht, als die Nachricht sie erreichte. Endlich würden sie wieder zusammen leben! Für den Rest ihres Lebens zusammensein. Mit Tränen in den Augen hatte sie das Telegramm ihrer Freundin an sich gepreßt. Gelacht und geweint. Erst in dem Moment war ihr bewußt geworden, wie viele Zweifel sie insgeheim gequält hatten. Doch nun würde es gelingen!

Die erste Phase war nicht einmal die schwierigste. Zusagen waren eingegangen. Auch Absagen. Letztlich waren jedoch einige ihrer Freunde ihrem Ruf gefolgt, fast mehr, als sie zu hoffen gewagt hatte. Ab einem gewissen Punkt war das Projekt zu einer Art Selbstläufer geworden. Ihre Idee hatte sich herumgesprochen. Freunde hatten weitere Menschen mitgebracht, Unbekannte sie kontaktiert. Natürlich wäre vieles anders gelaufen, wenn Theo sich ihnen nicht angeschlossen hätte. Theo verfügte über einen gehörigen Batzen Geld. Einen so gehörigen Batzen, daß sie schon bald eine Entscheidung treffen und zu einem frühen Zeitpunkt kaufen konnten.

Langfristig arbeiten sie natürlich an einer Rückzahlung. Es soll eine recht gleichmäßige Gewichtung der finanziellen Anteile geben. Schließlich soll das Altersdorf nicht mit der Teilnahme einzelner stehen oder fallen. Es darf nicht gefährdet sein, wenn es zu Streit, Todesfällen oder Altersverwirrung kommen sollte und jemand – oder jemandes Erben – Geld herauslösen möchte.

Das ist der Vorteil eines solchen Projekts im Alter: Viele von ihnen haben Geld zurückgelegt. Ganz andere Summen, als das bei jungen Menschen der Fall wäre. Noch, verbessert sie sich in Gedanken. Der Anteil verarmter Menschen nimmt ja erschreckend zu. Ob es in zehn oder zwanzig Jahren noch möglich sein wird, ein solches Projekt auf die Beine zu stellen? Nun, um so langfristiger wollen sie ihr Altersdorf sichern. Vererben können an die, die nachwachsen als alte Generation.

Auch jetzt war es notwendig gewesen, ein zweigleisiges System zu erarbeiten, das neben dem Einstieg von Leuten mit Kapital auch die Teilnahme von Mietzahlenden ermöglicht. Ob es sich wohl je fair rechnen wird, ihr Projekt? Sie zuckt unwillkürlich mit den Achseln. Ist das so wichtig? Ist es nicht viel entscheidender, daß Menschen unabhängig von ihrem finanziellen Hintergrund bei ihnen leben können? Wie Mirjam. Sie ist nicht wegzudenken aus ihrer Gemeinschaft! Und von ihrem einnehmenden Wesen einmal ganz abgesehen – was hat ihr Einzug es ihnen hier leichter gemacht! Mirjam kommt aus dem kleinen Städtchen, zu dem ihr Hof gehört. Charlotte hat sie auf einem ihrer Spaziergänge kennengelernt, und irgendwann stand Mirjam dann vor der Tür, um sich das Ganze einmal anzuschauen. Inzwischen wohnt sie bei ihnen. Es hat eine überaus hilfreiche Brücke geschlagen zu den Alteingesessenen der Gegend.

Sie selbst war zu ihrer großen Überraschung eine der Glücklichen, die ihren finanziellen Anteil sofort vollständig einbringen konnte. Das, was sie über die Jahre zurückgelegt hat, ist ein gewisser Grundstock gewesen. Dann war da noch das Geld, das mit dem Tod von Aike an sie gegangen war. Für den Kauf des Altersdorfs hat sie es schließlich doch angerührt. Sie weiß ja, wie glücklich es Aike macht, dort oben, zu sehen, daß es ihr bei der Verwirklichung dieses Traums hilft. Und doch – wie viel lieber hätte sie sie zurück, hätte sie dieses verfluchte Geld nie geerbt! So gut sich die Dinge wieder gefügt haben in ihrem Leben, das Vermissen brennt bisweilen immer noch grausig unerträglich in ihrem Herzen.

Unerwartet hat auch Jean sie bedacht. Als er von ihren damals noch so vagen Altersdorfphantasien gehört hat, muß er sein Testament geändert haben, denn nach seinem Tod stand es da schwarz auf weiß. Sie hat es gar nicht annehmen wollen, sich wie eine Räuberin der Familie gegenüber gefühlt. Doch der letzte Wunsch, der letzte Wille Jeans war seinen Angehörigen heilig. Vielleicht ist es das Glück gewesen, das er für alle spürbar in ihrer Gegenwart empfunden hat. Jedenfalls bestand seine Familie darauf, daß sie das Geld annahm – und sich damit finanziell unbeschwert ihren Anteil am Altersdorftraum verwirklichen konnte.

Nach dem Kauf war es organisatorisch einfacher geworden. Ab da galt es nur noch, weitere Bewohner zu finden. Sie war ungemein froh, daß dank Theos Vermögen so früh dieses Anwesen gekauft werden konnte – aus ihrer Sicht ist der Hof ideal. Und schon allein die Vorstellung, sie hätten diese Entscheidung, die Auswahl eines passenden Objekts, nicht in der kleinen Anfangsgruppe treffen können, sondern mit allen nun beteiligten Bewohnern ... Sie ist sich nicht sicher, ob das Projekt dann je zustande gekommen wäre. Sicher, Gemeinschaftsentscheidungen sind wichtig. Und doch, wenn sie an die Langwierigkeit mancher Entscheidungsprozesse denkt, die Lust mancher, sich in den unsinnigsten Diskussionen zu ergehen ... Nun, man kann es auch übertreiben mit dem Diskutieren. Vermutlich hätten sie bis heute kein Objekt gekauft! Irgend jemand hat doch immer ein Problem – und wenn es ist, daß die Welt rund ist!

Charlotte sagt, sie sei zu gnadenlos mit den Menschen. Was sie denn erwartet habe? Sie weiß es nicht so genau. Vermutlich weniger Konflikte. Schließlich lebt ja jede und jeder von ihnen in einer eigenen Wohneinheit. Und die, die in gemeinsamen Wohnungen leben – nun, das sind dann ja wohl interne Querelen, mit denen man ihr vom Leib bleiben kann. Auf jeden Fall hat sie nicht damit gerechnet, daß manche quasi ihre Zurechnungsfähigkeit abgeben würden, wenn sie die Schwelle zum Gemeinschaftsraum übertreten. Gewiß, sie ist hier etwas ungerecht, mit vielen läuft es wirklich ausnehmend gut. Schwierig sind eben die, die noch nie in einer größeren Gemeinschaft gelebt haben. Einer Gemeinschaft, die aus mehr Personen besteht und gleichberechtigter ist als eine durchschnittliche Paarbeziehung ihrer Generation.

Wahr ist natürlich ebenfalls, daß auch sie nicht immer einfach ist. Selbst sie muß zugestehen, daß sie verschroben sein kann bisweilen. Daß sie manche Eigenheit, manches Mödele, entwickelt hat, das sie nun mit den Seßhafteren, Behäbigeren aneinandergeraten läßt. Auch hat ihr früherer Lebensstil, ihr lebenslanges, ungebundenes Nomadendasein, es ihr in der Vergangenheit ermöglicht, an Konflikte des Zusammenlebens lockerer heranzugehen. Jetzt, da sie für den Rest ihres Lebens zu bleiben gedenkt, kann sie manches innerlich an den Rand eines Wutanfalls bringen, das sie früher nur wenig tangiert hätte.

Es stimmt: Sie hat manchmal nicht genug Geduld mit den Menschen. Aber sie hat es auch nicht einfach mit ihnen! So vieles, das andere umtreibt, erscheint ihr so nichtig, so belanglos. Während manches, das ihr das Leben schwer macht, von anderen nicht einmal gesehen wird. Sie seufzt. Sicher, sie hat durch ihre vielen Reisen schon immer einen anderen Blickwinkel auf vieles im Leben gehabt – aber jetzt, im Alter, scheint sich diese Schere deutlich geweitet zu haben.

Ja, das sind Punkte, an denen sie in der Gemeinschaft an ihre Grenzen kommt. Und ungemein froh ist, daß es Charlotte gibt. Charlotte mit ihrer Liebe zu Wohnprojekten. Ihrem Interesse an Gruppenprozessen. Charlotte mit ihrem wohngemeinschaftsgeübten Blick auf die Menschen.

Ihr letzter Diskussionsprozeß war mal wieder so ein klassisches Wohngemeinschafts-Thema. Wieviel hat eine jede einzubringen? Wo liegen die persönlichen Grenzen? Kann man von jemandem mit Gehwagen erwarten, genauso turnusmäßig mit für das gemeinschaftliche Sonntagsfrühstück einzukaufen wie alle anderen auch? Oder obliegen diese Arbeiten automatisch den Fitteren unter ihnen, die dann – ein gerne von ihr zitiertes Extrem – irgendwann den Gesamtbetrieb der Anlage schmeißen, während die anderen gemütlich an ihre Gehwagen gelehnt in der Sonne sitzen?

Wie Katrin, die plötzlich eine Vollversorgung zu erwarten scheint. Vor ihrem Umzug ist sie ganz wunderbar in der Lage gewesen, sich alleine zu versorgen. Nun klagt sie bei jeder Bewegung über Schmerzen. Sicher, es ist nicht zu klären, ob diese tatsächlich neu aufgetreten sind oder – das ist ihre Theorie – nicht einfach von Katrin deutlicher wahrgenommen werden, jetzt, da sie sich aufgehoben weiß.

Natürlich geht es darum, die Bewohner in der Gemeinschaft aufzufangen – sonst hätten sie das Altersdorf ja gar nicht aufzubauen brauchen! Dennoch gibt es eine Eigenverantwortung, die bleibt. Darauf besteht sie. Sonst ist sie die nächste, die sich so einen blöden Gehwagen anschafft. Und wenn sie ihn als Blumenbänkchen benutzt! Vielleicht sollten sie doch einfach jemanden einstellen. Sie seufzt. Das wird noch Diskussionen geben!

Ach, da läuft ja Jana! Bereitwillig läßt sie sich von der Freundin im Hof aus ihren Gedanken reißen. Sie steht eilig auf und humpelt ein wenig ungelenk ans Fenster. Ihre alten Knochen wollen einfach nicht mehr so flink. Sie winkt ihrer Freundin zu – sie geht doch nicht etwa vorbei? Nein, Jana kommt herüber. Die beiden alten Frauen küssen sich zärtlich zur Begrüßung. Jana gibt ihr einen liebevollen Klaps, begrüßt die Hündin, die sich aufgerappelt hat und freudig bellend nach Aufmerksamkeit verlangt. Gut, daß die Schwester ihrer kleinen Schakalin nicht dabei ist. Die beiden Tiere hätten wieder eine Unruhe gemacht, die sie jetzt nicht brauchen kann. Jana schaut sich um, berührt im Vorbeigehen eine Pflanze. Man sieht dem Raum an, daß jemand erwartet wird. Sie bekommt ein Stück von dem noch unberührten Kuchen und zieht sich damit ins Schlafzimmer zurück. Die beiden Frauen lieben diesen Platz: Endlos dehnt sich die Weite vor dem Fenster, seitlich sieht man den Deich. Es ist eines der schönsten Zimmer im Dorf.

Jana wirft einen Blick in die kleine Kammer, die sie vor langer Zeit eingerichtet haben: Das frisch gewaschene Wandtuch ist wieder aufgehängt, und man sieht, daß gründlich geputzt worden ist. Neben der Matratze am Boden steht eine Kerze, Malzeug liegt auf dem Kistchen daneben. Auch die anderen Dinge, die hier geblieben sind, liegen bereit. Jana lächelt sie an. Die alte Frau fühlt sich verstanden, ein Lächeln von der Freundin sagt manchmal mehr als tausend Worte.

Dann geht auch Jana, und das Warten beginnt von neuem. Eigentlich wartet sie ja schon lange. Seit dem letzten

Besuch genau. In ihrem Herzen, in ihrem Hinterkopf hat es immer gesessen, das heimliche Warten. Es hat sie nicht gestört oder bedrängt, es war einfach da. Jetzt bricht es freilich mit Macht hervor. Wie um sich abzulenken, gleiten ihre Gedanken zurück. Etwas mehr als zwei Jahre ist es nun her, daß Jean gestorben ist. Sie hat erst kürzlich den zweiten Todestag begangen. Am Wochenende darauf war seine Enkelin mit dem Kind bei ihr. Es ist groß geworden – natürlich. Noch immer treibt ihr der Schrei des Mädchens die Tränen in die Augen, wenn er sie unvorbereitet trifft. Das Kind ist für sie einfach mit Jeans Leben, und eben seinem Tod, verwoben.

Sie ist froh, daß sie sich damals so entschieden hat. Ihre Entscheidung war Gold wert. Nicht nur „ihr" Altersdorf ist entstanden, wie sie es heimlich nennt. Mag sie auch manchmal schimpfen – es tut ihr ungemein gut, hier zu leben. Eine schöne, runde Gemeinschaft sind sie unterm Strich geworden!

Ja, nicht nur ihr Altersdorf ist entstanden. Auch Zufriedenheit und Ruhe sind in ihr eingekehrt, ein Gefühl von Glück. Sie genießt den Alltag. Nein, eigentlich ist es mehr als das: Oft steht sie einfach da, hält inne in einer Tätigkeit und freut sich am Leben. An ihrem Leben. An dem Glück, das sie nun wieder durchströmt. Ja, ihr Leben ist gut, wie es ist. Und seit sie die neue Schreibbrille hat, kann sie sogar wieder ohne Kopfschmerzen an ihrem Buch arbeiten.

Sie kann es einfach nicht lassen, das Schreiben. Was wäre ihr Leben ohne? Und wenn sie sich doch einmal einsam fühlt, an die vielen, vielen Kilometer denkt, dann ist da immer ihre Hündin, die ihre Traurigkeit spürt und sich an sie drückt. Ohne das Tier – daran mag sie gar nicht denken. Dann sind da natürlich Charlotte, Jana. Überhaupt … Das Geräusch eines haltenden Busses reißt sie in die Realität. Ist das, sollte das …? Eilig greift sie sich eine Jacke und öffnet die Tür. – Ja! Da ist sie! Oh, was tut es gut, sie zu sehen! Inzwischen ist auch die Hündin wach geworden und nach draußen gestürmt: Wie eine Besessene läuft sie bellend zwischen der alten Frau und dem Besuch hin und her.

Dann steht sie endlich vor ihr, sie kann sie anschauen, berühren – sie spürt sie in ihren Armen, spürt den schlanken Körper an dem ihren. Die rote Haarlawine ist überall. Léa! Ihre Freude formt sich zu diesem einen Wort, zu einem lautlosen Schrei in ihrem Inneren.

„Willkommen zu Hause, Léa!“

Es ist Abend, fast Nacht. Sie liegt da, betrachtet die Sterne am Himmel. Sie leuchten in überschäumendem Glanz, massenhaft und beinahe unirdisch in ihrer Pracht. Das Licht der Kerze ruht mit warmem Flackern auf dem Bild, das nun endlich an ihrer Wand hängt. Es ist das erste, das Léa damals in Paris von ihr gemalt hat. Sie spürt Léas ruhigen, tiefen Atem neben sich, spürt den Brustkorb, der sich leicht hebt und senkt. Ihre Augen gleiten das Bild entlang, das nun bei ihr sein wird, Tag und Nacht. Léa hat es ihr mitgebracht, damit es ihr die Wartezeit verkürzt. Versüßt. Das waren ihre Worte.

Das Bild zeigt sie, die alte Frau. Schön und vom Leben geprägt sieht sie aus. Ehrwürdig fast. In ihrer Hand hält sie den Stift, den unerläßlichen Stift, aus dessen Schrift sich die Büste von Léa ergießt. Spiegelverkehrt zu ihr selbst. Nah und doch fern. Ein Selbstbildnis in roter Pracht. Es ist geprägt von ihren Worten, von ihren Beschreibungen der anderen. Es ist ihre Sicht von Léa, vermischt mit deren Darstellung ihrer Selbst. Sie kann sie genau sehen auf dem Bild, die Trennlinie ihrer Einflüsse. Der Pinsel, den die geliebte Hand hält, er malt ihr Haar, ihr kurzes, weißgraues Haar, das nun zu wachsen begonnen hat …

Sie hat mir gefehlt im Leben, die alte Frau.
Als (m)eine Vision von selbstbestimmter, gelebter
Weiblichkeit, die sich ihren Raum nimmt, gestaltet, lebt.
Genießt. Bis zuletzt, mit allen Sinnen.

Cl. Schulz, „Josselin“ R.-S. sowie dem Southern Ocean gewidmet im Gedenken an die prägende, schöne Besonderheit unserer Begegnung.

Mit Grüßen an FredN.

Ich danke Euch:

Dem Querverlag, bei dem mein Buch und ich eine literarisch-menschliche Heimat gefunden haben.

Jim für sein kritisch-tolerantes Lektorat. Danke für unsere harten, fairen und warmen Diskussionen!

Ilona für ihre besondere Sicht auf mein Buch.

Kate für ihre Begeisterung für mein „AltersRausch"-Manuskript.

Gemma für ihre jahrelange Begleitung, ihre unerschöpfliche Geduld, ihre Ermutigung, ihr offenes Ohr, ihre Essensversorgungen, ihren Laptop mit Drucker.

Meinen TestleserInnen für ihr liebevoll-kritisches Lesen und unsere (mitunter ellenlangen) Besprechungen.

Henning für seine literaturwissenschaftlichen Kenntnisse.

Y-lo für seine logistischen (Notfall-)Unterstützungen.

Nicole, Aitak, Y-lo und Marion sowie Uli für ihr Wissen.

Stefan B. für die wochenlange Überlassung seines Computers und Gesellschaft beim Abtippen, damals, ganz am Anfang.

Melanie, Carola, Uschi, Stefan S.-K., Jürgen K., Kathi und Sandra L. dafür, daß sie an den Punkten da waren, an denen ich sie gebraucht habe.

Gemma, Kt und Jane für die Korrekturen der englischsprachigen Passagen, die das Lektorat nicht überstanden haben.

Drei Frauen für einen wundervollen, inspirierenden Tag im November.

Claudia, Peff, Gemma und Henning, daß sie sich so von meinem Manuskript haben berühren lassen.

Angie, Rebecca, Petra und Petra N. für ihre überwältigenden Rückmeldungen, denen ich das Gefühl verdanke, meinen Wunsch erreicht zu haben.

Petra, daß sie als meine Schwester mein Leben begleitet und teilt.

Mir selbst für Jahre des stoisch-unermüdlichen Immer-wieder-Drangehens, im Lebenstaumel.

Und *last but not least* meiner liebsten G., daß sie an mich geglaubt hat, wie wohl noch nie ein Mensch an mich geglaubt hat.

Nicht zu vergessen unzählige Straßencafés in der Bretagne, Rödelheim, Bockenheim, Südfrankreich, Portugal und Tübingen. Mondès, der Garten meiner Ma, mein Park und Calstock.

B.